本当は逢いたし

装幀　名久井直子
装画　徳川家光「鳳凰図」（徳川記念財団所蔵）
徳川家光「梟図」（下関市立歴史博物館寄託）

目次

I　本当は逢いたし

当て無き櫂

何十年前のことになるのだったか、結婚して東京へ来て、専業主婦となり、一年ちょっと後に母親になった。夫は新聞記者だったので当然のように、昼夜という暮らしのメリハリには関わりのない、言ってみれば世間の時間にはまるで関わりのない「ぶんやタイム」に合わせる暮らしに入った。結婚という人生最大の冒険は、櫂《かい》を持たず舟に乗り込んだようで、スリリングだった。

なにしろ初めは電話がなかったから、外の夫から連絡は入らない。携帯電話のある今では想像もつかないことでしょうけれど、いったん家を出たら七人の敵は居ても居なくても、留守宅のことを心配するのはみっともないという、オトコの美学だか韜晦《とうかい》だかが当たり前で、若い主婦は、その境遇を疑おうともしなかった。それが夫の為、世の中の役に立っている男を支えることが、世の中の役に立つことなのだと考えて疑わなかった。いえいえ恨みがましく言っているわけではないのです。そう信じていたのでした。

夜中、それにしても遅いから寝てしまうべきかと思い始める頃、酔っ払いさん同行で賑やかに帰ってきて呑み直す。もう皆さん朦朧《もうろう》としているので、ご馳走《ちそう》はなくても慌てる必要はないし、若い妻は元気だから賑やかさも物珍しく嬉しい。そのままお泊まりになる方もある。それも面白かった。ところが翌朝、夫は先に出勤し、お客様は朝戸出《あさとで》なさらぬ場合もあり、それは少々困った。いらした時には酔っ払いだから双方とも気楽なのだが、朝は正気に戻っていらして、昼近い朝飯の頃にはしきりに恐縮して子供と遊んでくださったり、お互い何やら気恥ずかしい。

子供はちゃんと宵っ張りの朝寝坊に育って親に孝行。その暮らしも子供から少し手が離れるようになってくると、私の個の部分、妻&母の芯のところがもやもやし始めた。もやもやしながらいろいろ模索した結果、思いもよらず俳句に出会った。その出会いも亦《また》とてもスリリングだったが、ここに記すには複雑すぎるので省略する。俳句を作るので、省略はやや得意分野である。

水無月の当て無き櫂の雫《しずく》かな

第一句集の一句目、謂わば処女作、と称している句。初めての吟行での作だったと思う。井の頭公園の池のほとりでボートを見ていて作った。以後、俳句が面白くなり血迷った。夫は一応インテリなので、俳句を始めたと知るや、誕生日に歳時記をプレゼントしてくれた。文藝春秋刊、山本健吉編の、春、夏、秋、冬、新年の五冊で、ぼろぼろになるたびに補強して今も愛用している。まさか妻が、これ程までに俳句に現《うつつ》を抜かして、家事の手を抜くことになろうとは思わなかったであろうから、夫にとっては誤算であったかもしれない。しかし時すでに遅しである。

「当て無き櫂」は今にして思えば、後の私の俳句の作り方をも暗示している。俳句という詩形式を壊さずに何処《どこ》まで詠めるか、迷いながら突き詰めたいと思っているのだから。

この句、謂わば処女作と記したけれど、口から出任せのように作った〈死ぬ気などなくて死にざま思う秋〉が本当の一句め。これも、佳《よ》い死に方が出来れば、即《すなわ》ち佳い人生だったことになるのかもしれないと思っている私らしい、第一作である、と今、気付いた。

（日本経済新聞夕刊・二〇一二年七月七日）

気持よいかしら

私は今、人間だから人間以外の生き物の気持は分からない。分かろうとしないのではなく、知りたいと思い考えるけれど、それは人間の私が考えることなので、人間の想像力の範疇《はんちゅう》を出ることはできない。

小さな昆虫も何か感じて思って歩いたり飛んだりしているのだろう。また例えば鯨とか象とか、身近には猫とか犬。その「思い」を考えると妙な気分になる。彼らも思ったり考えたりして生きている。何も私が心配する必要はなく、嬉しかったり気持よかったりしているだろう。

動物園の動物や、水族館の水槽にずーっと生きている魚たち。水槽に一匹だけの電気ウナギや、底にじっとしている深海魚を見ると怖い。水槽の中で歳とっていく鯛《たい》や平目や、休館日にも当然ながら大水槽を泳ぎ廻り続けているであろう回遊魚の、そういう一生。なんと怖ろしい一生であることか。たまたま、そういう運命に生まれて生きている生き物。それを考えると苦しくて、私は度々彼らを一句の主人公にした。と書きながら、今ここに坐っていても、かつて会った、たまたま春だったので桜鯛と呼ばれる鯛や、回遊していないと死んでしまうらしい、あれは鰹《かつお》だったか鮪《まぐろ》だったか、それらの姿が目に浮かぶ。私が生きている限り彼ら彼女らは、水槽内に生きている姿を忘れさせない。

誰の詩だったか確か萩原朔太郎だった、あの蛸《たこ》は、死なない蛸だ。地下の薄暗い水槽の岩影に居たばかりに、人からは姿が見えず飼育係に死んだと思われていて、飢えに飢えて遂に自分の足を食べる。足が無くなれば胴を裏返して自分の内臓を食べ全身を食べつくし、無になって生きている蛸。詩人は何故、そのような蛸を存在させたのだろうか。

〈じゃんけんで負けて蛍に生まれたの〉と詠んだことがあるが、それは人間の思いそのものでしかないことを、私も知っている。じゃんけんで負けたから蛍になった彼女は、勝ったら蛸になっていたのかも。

気持よいかしら明滅して蛍

蛍は、すっかり減ってしまい、わざわざ見に行かなければ逢えない。が、あれがいつでも何処《どこ》にでも居るとしたら、人間にとっては案外つまらないだろう。うすら暑くなった季節に、ほんの数日現れて居なくなる蛍だから深く愛される。人から愛されても愛されなくても、蛍には関わりのないことだろうけれど。

数年前、蛍の群が壁のように現れるからと、蛍狩りに誘われた。イルミネーションのようにびっしりと光るそれが素敵かどうか。幸か不幸か、それほどの蛍は現れず、儚《はかな》げな光を愛《め》でることが出来た。それは雌へのアピール、または敵を威嚇しているのだと言われているけれど、種類によって異なるらしい。詳しいことは知らないが飛び回るのは雄で、雌は行動が鈍いのだそうだ。

光る蛍も、あまり光らない蛍も、その数夜を明滅し、あるいは明滅を身に近くして、その時の蛍は気持いいのだろうか。息切れしてはいないのか。嬉々《きき》と恍惚《こうこつ》としているのか。

急速に訪れるように人からは見える蛍の死は、蛍にとって急速なのか。蛍は死ぬ前に老いるのか。

蛍も薄羽蜉蝣《かげろう》も、いかにも儚く思われるけれど、一生は一生。ひょっとして、死んでしまいたい蛍は居ないのだろうか。

（日本経済新聞夕刊・二〇一二年七月十四日）

母性愛か恋か

先月、用があって函館に行った。一度行きたいと思っていたので、つい二つ返事で引き受けてしまったのだ。そして、ねぇ私、函館に行くのよ行くのよ、飛行機一人はコワイ、と囁《ささや》いたら十二人の旅行になった。

行きたかった立待岬に行った。巨大なイタドリらしきものが繁茂していて、これはオオイタドリとでも言うのかしらなどと言い合いながら、小雨と風の夏の寒さを歩いた。啄木家の墓は写真で見知っていた印象よりも、かなり大きくて立派で、少しがっかりし、それは大切にされていた証しだと思い直して納得した。

岬には群生のハマナスが、霧雨の中にワインレッドの花を浮かせていた。よい香りに次々顔を寄せる四十歳代から八十歳代の私たち。初恋の痛みを遠く思い出しているといった気分が、ほろ甘くほろ苦く。

翌日は函館山から夜景を見た。よく見る写真以上に素晴らしくて、キャーキャー騒いで草臥《くたび》れた。

夜景を美しくするためのように見える色とりどりの灯。その灯は、実は、人の幸不幸を混ぜ込んだ灯であることに気付き、ちょっと敬虔《けいけん》な気持になった。

山頂のレストランで乾杯をした。

手に指があってビールのコップに取っ手

中学二年のときの担任は理科の先生だったが、その先生を通して啄木を知った。寝ても覚めても気になって初恋のようだった。しょうもない男に現を抜かしているような気分もあって、とっくにこの世には居ないその人を、放っておけなくて切ないのだった。あの自意識過剰の痛々しさ。甘ったれとも言えそうな淋しがりやの自尊心と自己憐憫《れんびん》が、どうにも放っておけないのだった。

啄木の短歌の言葉には難解なところが全くないので子供にも容易に理解できた。偉くなりたいと駄々をこねながら、でも偉そうではなく人懐こく、中学生にも書けそうな普通の言葉ばかりだ。貴方《あなた》の嘆きは受け止めましたと肩を抱いてあげたい、といった気持。中学生の私、母性本能を目覚めさせられたのだろうか。

でも大人になると、その率直さのためか分かりやすさのためか、啄木が好きだと言いにくくなった。自分が素人っぽく思われそうで、ミーハーに思われそうで、言いにくくなったのだ。私は見栄を張って、啄木を好きとは言わなくなった。

それが俳句を作るようになって、啄木の短歌の上手さが分かった。甘いだけではない。独り言のように呟いているだけのように詠まれている、そのことこそが凄いのだ。

推敲《すいこう》を極めながら、推敲なんてしたことがないという風に仕上がっているのか、それとも本当に呟くように次々と言葉が溢れてきて、思いのままに書き記したのか。

分かりやすく自然な呟きのような俳句を作りたいと思い、そのことを意識して気を付けて努力している凡人資質の私だから、無い物ねだりで、啄木のその才能に敏感だったのかもしれない。

追われるように函館に渡り、二度と故郷へは帰らず、否、帰れずに、〈懐かしきかな〉と詠んでいたのは、啄木の個人的な思いだった。

ところがその短歌は今、歌人たちの中で、あの地震、津波、原発被害により故郷を追われて帰れない人々の思いに通じる、という読みかたが現れてきているらしい。

（日本経済新聞夕刊・二〇一二年七月二十一日）

母におくれて

老人の施設に入った母を見舞った。去年の暮まで、近所に住む長男夫妻に護られながら、原則的には一人で食べ、一人で身の回りを整えて暮らしていた母だった。その母が今年に入って、がたがたと崩れるように衰えた。弟は慌てふためいているらしかった。母の老化を受け入れられないように見えた。毎朝、母の許を訪ね、電話があれば飛んで行き、そのたび母の老化を嘆いた。

結局、弟の家からも母の家からも徒歩で十分とかからない場所にあって、毎日見舞うことの出来る施設に入ってもらった。その上、長いこと信頼して通っていた主治医が、その施設と関わっていたので、母も子供達も不安が少なかった。もう少しの間は弟の家に移れば暮らせる程度とも思えたが、丁度《ちょうど》、空きのある部屋が、その後も空いているという確約はないので契約した。

去年、将来慌てないようにと、その施設を子供全員で見学に行った。その頃、母は毎日、四人の子供にパソコンでメールを送ってきていた。私たちも何も話題が無くなってしまう程、毎日メールを送り合った。一日不精《ぶしょう》すると、風邪でもひきましたか？と母からメールが来る。

今年に入って、ある日メールが来なかった。二日に一度、一週間に一度になって、あらどうしたの？　メール頂戴よ、などと励ましている間に日が経った。そして一層来なくなって、「皆さんに宜《よろ》しく言っといてね」と長男に頼むようになった。入浴が面倒になり寝ていたくなった。

去年の暮に書いた今年の年賀状に母は、恒例の新春挨拶の一首の傍に、年賀状は今年でおしまいに致します、と印刷した。本当に最後の年賀状になるのかもしれない。

急に衰えちゃったの私、と言う。食事もお八つも美味しいのよ、と言う。こういう所で働いてる人は親切で偉い、などと言いながら、かなり元気を取り戻した。規則正しい暮らしの結果なのか、心身ともにしっかりした。弟と手をつなぎ、スクワット（？）をさせられ（？）ている写真が弟からのメールに添付されて以来、私たちにスクワットが流行った。

はんかちや母におくれて老いつつあり

思えば生まれた日以来、母と私は同じ年齢差で生きてきた。時には手本にし、ある時は性格の違いに驚いたりしながら生き合ってきた。その人が突然、老人になったのだ。私自身はまだ完璧に老いたと思ってはいないが、まさに日々「老いつつ」ある。「はんかちや」と唱えつつ老いつつ、これからの母を思い自分を考える。母に遅れて老いるという成り行きは万人の思いに通うだろう。

しかし、若くして戦病死した父は老いを見せない。父は永遠に若く、痩身で長身のハンサムだ。例えば去年の東北のような災難や、思わぬ病気で逝った人々も老いを経験出来ない。母の老いを嘆くことは、有り難い恵まれたことなのだ。

これは私の新しい経験である。老いは、せっかく現れてくる新しい天地だ。ならば、自分の老いを詠んでみようじゃないの、と思う。本当に老いたら、それを主題に書くことは出来ないだろう。若い人が老いを書くことも無理だろう。

そうか、今しかないということだ。老いを詠むには詠み盛りだ。と言いながら腹の据わらない私は、死よりも老いが怖ろしい。

（日本経済新聞夕刊・二〇一二年七月二十八日）

また八月

八月に入るとテレビで、戦争に関した映像をよく見る。流石《さすが》にもう見たくない、と思う。よくよく知ってるから私はもういい、と思う。そういうことを知らない若い人達が見ればいいのよ、と思う。

しかし、死んでいった人たちは、もう知っているから、なんて言えない。彼らは一度も、もしかしたら自分の最後が映っているかもしれない映像も、見ていない。それどころか敗戦のことも知らない。敗戦の前から死んだままだ。

父は戦病死した。母方の叔父は戦死し、死に方の仔細《しさい》は何も分からない。母の従兄弟《いとこ》は、特攻隊の凛々《りり》しい姿の写真を残してどこかで死んだ。身を乗り出すような姿勢で、目をきっと見開いた写真だ。彼は海に墜ちて魚の食物にでもなったのか。それとも粉々に飛び散ったか。

何年か前、南方のどこかの現在をテレビで見た。遺骨収集の際の映像だったような気がする。名前の書いてある水筒が木の枝に引っ掛かっているのが映った。

死んだ人の肉は溶ける。水筒は、腐って消えることができない。かつて水筒の中には綺麗《きれい》な水が入っていたのだろうか。若い兵がそこから啜ったのは、ひょっとしたら病原菌入りの生温い水。そして水筒の持ち主は、心身ともに頑健な、本当ならばちょっとやそっとでは死なない青年であったかもしれない。

〈漬物桶に塩ふれと母は産んだか〉と尾崎放哉は詠んでいるが、それは生き方の問題だった。それとは異なり、あの時代、いくら軍国主義の蔓延《まんえん》した時代であったにしても、遠いところで玉砕せよと産んだ母は、絶対に間違いなく一人も居ない。

テレビ画面に映っていた水筒は、その後どうなったのだろう。名前の傍には連隊名も書いてあるはずだから、ちゃんと遺族に届けられただろうか。それとも文字は、読めないほどに色褪せていたか。

あの水筒の飲み口は、男の唇に触れたあと洗い拭われることなく何十年も其処《そこ》にあった。〈屍《しかばね》のゐないニュース映画で勇ましい〉などの川柳を書いた鶴彬《つるあきら》は逮捕され死んだ。

ともあれ玉砕後の緑満ちた山中は、テレビ画面の中に美しかった。

玉砕の島水筒の腐りがたき

「物」というものは哀しい。無くなれない「物」は更に哀しい。勿論《もちろん》、戦争が無くても人は必ず死ぬ。死んでいつかは土に還る。誰だって或る日生まれて、或る日死んでいくのである。充分に私は生きたから、痛いのは嫌だけれど、死ぬことはあまり嫌ではないような気がしているけれど、その時にはあたふたするのだろうな。いずれにせよ、娘や息子に死なれるのは駄目。戦死などもっての外で考える余地はない。そして誰もが、誰かの娘であり息子である。

日本だけのことではない。人為的に人の命に関わることは、聖戦という言葉を作っても、平和のため国民のためと言っても駄目。

古今東西、人たちが争うのは何故なんだ。忘れた頃にではなく忘れる暇もなく、そういうことがいつも何処かで起こっていて、私たちはそれを写真や動く映像を見ながら嘆く。

例えばソファーに身を沈め珈琲を飲みながら、暴力や炎や死の風景を見て心痛める。引き続き例えばビールのコマーシャルに、美味しそう、なんて言ったりして。

（日本経済新聞夕刊・二〇一二年八月四日）

だからと言って

テレビでのスポーツ観戦が家人は好きで、それも何の競技でも好きなので少々困る。いえ別に困りはしないのだけれどテレビがうるさい。朝起きるともう始まる甲子園の野球は、応援もまったく賑やかで、それはほんとに良いことで、気持よい楽しいことで、世の中を元気付けてくれる素敵なことで、と本心から思っているのだけれど、なんせ暑さと朝が苦手の私としては、起きた途端にくたびれてしまい、申し訳ないけれども困るのである。

私も別に野球が嫌いなわけではないし、中学の時に、学校から野球の応援に行ったときの興奮などを思い出すのも、楽しくないわけではない。クラスメートが野球部のキャプテンで、その人がいやに大人っぽくて格好よかったことなども思い出される。野球部の男子は殆《ほとん》どがいやに大人っぽくて、頼りがいのある男に見えた。女子はうっとりと練習を見学したものだ。

ある暑い日、夏休み中であったか、どういう試合だったのか覚えていないが、大事な試合であったことは確か。9回裏の守り、同点、2アウト、2ストライク、3ボール、満塁で、きゃーきゃー声を嗄《か》らして騒いだことなど、懐かしく思い出す。

甲子園の高校野球の場合、解説者が優しい。そりゃー甲子園に出てくるまでのことを考えれば、また地元へ帰っていくことを思えば、褒めて励ましてあげたい。だけども、なんか時折、アレは絶対ミスでしょ、などと興が醒めることがなくはない。それはむしろ高校生に失礼じゃないのかと思うこともある。子供はこの程度で上等、と言っているようで、少しはらはらするのである。ミスはミス。私が高校生だったら、ミスはミスと言ってもらいたい。それが対等ということじゃないかしら。

ところでテレビで見る彼ら、勝って校歌を歌い、本当に歌っているのかどうか分からないが、曲が終わる直前には、もう体がもぞもぞしているらしく傾いていて、顔は前を向きながらも頭の後に目がついていそうに爪先立っている。そして曲が終わったと同時に、自分達の応援席の前へすっ飛んで行く。まるで、母を見つけて走っていく幼児みたいだ。ひたむきを具象化したような走り方の、その彼らの姿は堪らなく可愛い。若いって可愛いなあと涙ぐんでしまうことさえあって、そういう時、若さっていいなとつくづく思う。

誰もが若い日を経ていて、案外それはシンドイことだった。なんたって若い自分は世界の中心に居て、皆に見られていて、関心を持たれていると感じているのだからシンドかったのだろう。若さの素敵さは、痛々しさの素敵さかもしれない。若くなくては出来ないことが沢山ある。

と言っても、若い日に戻りたくはない。人間の中の単なる一人という気分は佳いものだ。過去に戻って、また世の中心に居るような錯覚に陥るのは面倒。戻りたく思うのは、今は亡き人に逢いたい時くらいだ。

本当は逢いたし拝復蟬しぐれ

本当は逢いたい、と思うのは、実際には逢えないってことで、本当は逢いたくても逢えない人は沢山居てその理由も様々。亡き人だったり、昨日逢った人だったり、世の中の流れに邪魔されてだったり。

話を戻そう。正確に言えば、三年くらい若返りたいと思うことは、実はあるにはある。

（日本経済新聞夕刊・二〇一二年八月十一日）

なんとかしなきゃ

網戸のなかった子供時代、夏の夜は蚊取線香をつけてガラス戸は開けはなたれていた。自分で責任を持っていなかったことは記憶が定かではないが、虫がひどく苦手だったので覚えている。蚊だけでなく、蛾や時に甲虫の類も飛んできた。腕にくっつく虫の脚の先は、濡れているようにひんやり感じた。体感したものって忘れないのだと感心する程、その感触は鮮やかに今も腕にある。家族の中で私だけが怖がって騒いだ。

その虫嫌いは結婚して少し直った。夫が虫好きだったのである。初めて守宮《やもり》を見たときは卒倒しそうだったが、今は喜んで写真を撮ったりする。守宮の指先はとても可愛い。

異常発生したる元気のない羽蟻《はあり》

気温や湿度との関係か羽蟻が大発生することがある。灯の真下のテーブルの上に、羽蟻はゴミのようにいくつか落ちていて、よく見ると少し動いていたりする。まるで重みのないようなそれは、時を追って次々増えていたりして、慌てて網戸がちゃんと閉まっているかどうかを見に立つことになる。「羽蟻の夜」という季語があって、そういう俳句をよく見かけるから、私の家だけのことではないらしい。

異常発生した羽蟻は、すぐにどんどん衰弱して程なく死ぬ。葉書のようなもので掬ったり、ちり紙で摘み取ったりの、あの末期の生き物、初めから命などなかったような、吹けば飛ぶような、ではなく、吹くと飛ぶ切ないもの。

越前クラゲの大量発生もあった。大きなクラゲは魚を傷つけ、網に掛かっては網をダメにする。全くもって漁の邪魔だが、それはクラゲの意思ではない。だから人間が困るのはクラゲにとって知ったことではないのである。クラゲ自身、ふと気付いたときには波間に揺れていたのだ。混み合っていて驚いているかもしれない。越前クラゲは体が大きいから、見ての哀れも大きい。

金子光晴は「くらげの唄」で、クラゲに、〈ゆられるのは、らくなことではないよ。〉と言わせた。〈心なんてきたならしいものはあるもんかい。いまごろまで。〉とも言わせた。

一気に大量に生まれ、それは増えるためではなく、一気に死ぬため。そのことで数のバランスが取れているのか。当事者は何も知らない。

ノアの方舟も、信仰のことではなく、そういうことだったのではないだろうか。創造主が在《いま》すと思わないことには筋が通らないような現象が、この世には沢山ある。意識したくはないが、ここ数年、いやに自然災害が多い。それは日本だけではない。世界のあちこちで山火事がある。驚くほどの雨が降る。竜巻が起きる。例えば、山の木々を大事にしなかったことの結果でもあるだろう。七月であったか熊本では、過去になかった量の雨が降り、川は急流となって町を覆った。

私はいい、と思うのだ。これから育っていく子供達や、これから生まれてくる人間、そしてさまざまな生き物、大丈夫なんだろうか。どうしたらいいのか。大人の私たちが、今なんとかしなきゃ。

庭の隅に増える多年草が、年によって不思議なほど多く茂ったり少なくなったりするのも不思議。なんとなく辻褄《つじつま》の合う怖さというものが、この世にはある。

（日本経済新聞夕刊・二〇二二年九月一日）

出来秋

出来秋という言葉は俳句を始めてから知った。風水害も無く豊作の秋ということ。豊年、豊の秋と同じ意味である。この言葉で一句作りたくて、〈出来秋の坐《ざ》して休めと大地あり〉と書いた。農業の経験はないけれど、出来秋の有り難さと喜びは実感として感じることが出来る。

弟の嫁さんは共同の畑を借りて、随分沢山の野菜を上手に作っているらしい。その話をする時は、恋人自慢か孫自慢のような声になる。母の家に集まった時も、どっさりの収穫を持ってきてご馳走してくれた。トマト、胡瓜《きゅうり》、茄子《なす》は勿論《もちろん》、オクラ、とうもろこし。みんな美味しい。

私も、軒先にゴーヤを植えたり、狭い庭にトマトを植えたりする。採れすぎて人に貰ってもらったり、トマトは、赤いだけで皮が厚く美味しくなかったりしても収穫は楽しい。ゴーヤは種を採って来年用にする。ところが、青いゴーヤにはびっしり種が詰まっているのに、種用に残しておいたものが赤く熟れたときには、種の数が極端に減っていて、ちょっと怖い。よい子孫を残すために淘汰されるのだろうか。

家には柿の木がないので友人が渋柿を送って下さることがある。皮を剝くと渋で手の皮膚がひどいことになるので手袋をして、剝きにくい剝きにくいと嘆きながら剝く。剝いたモノを二個ずつ紐で繫げて、庭の、木から木へ渡した竿に吊るす。それはそれは愉しい作業である。雨になりそうなときに被せられるように、大きな透明のビニールも用意しておく。まるで広い庭のように聞こえるかもしれないが、木と木の隙間に細い竿を渡すだけのことで、男の子なら二歩跳んだら隣家との境に着いてしまうような狭庭《さにわ》である。二週間もすると味見が出来る。数個は冷凍して正月の柿膾《なます》用にとっておく。

町内の何軒かに柿の木があるが、いつまで経っても生ったまま。少し山に近い里へ行っても、柿は熟れたままになっている。頂けるものなら頂きたいほど生っている。景色としても嬉しいものだけれど、食べないのですか、皆さん。焼酎を噴き掛けてビニール袋に入れておいただけでも美味しくなるのに。

ところで柿はどう見ても秋のものだが、西瓜《すいか》と桃が秋の季語だと知ったときは驚いた。朝顔も秋の季語と知った時もびっくりした。夏と言えば朝顔と向日葵《ひまわり》と花火、西瓜に桃でしょ。ところが、確かに朝顔は秋に美しい。夏場は、朝起きたときにはもう萎れているけれど、秋の朝顔、これからの朝顔は、夕方まで色も形もしっかりと咲いていてくれる。

美しい色の桃を見たり思ったりすると、先ず気になるのが傷むことへの心配である。だから果物屋の店頭でも、手を触れないでくださいと札が立っていたりする。

白桃のいたみながらのよい匂い

時が経っての傷みは勿論のこと、外からの刺激をきっかけに、傷みは皮の奥でじわじわと進む。

この句の〈よい匂い〉は、やや一句の効果を狙ったように感じられるかもしれないが、本当に美味しそうに匂うのだから仕方がない。

美味しそうな色と匂いを保ちながら、文字通り一皮剝くと、すっかり傷んでいることもあるので、生産者には申し訳ないが、桃を買うときの私は少し緊張する。

（日本経済新聞夕刊・二〇一二年九月八日）

いちいちうごく

身近な人に病気が見付かったのは浅春だった。若くはなく年寄りでもない彼は、一ヶ月少し前に漸《ようや》く、念のための放射線治療も終わり、潑剌《はつらつ》と生き返った面持ちである。

ミュージシャンで音大の教師。管楽器が専門なので肺をはじめとした肉体労働者である。病気を知った日から内心は、元の体を取り戻すことが出来るかどうか、心細さと意欲との間で揺れていたことだろう。

入院して間もなく都内のライブハウスで、彼を励ます会が催されたそうだ。情報はいわゆるツイッターやフェイスブックで拡散され、様々な音楽関係者、著名な演奏家やファンや生徒たちが参集くださった。その様子も、同じ回路で流れてきて、仲間にも本人にも届く。ミュージシャンは情感の豊かな人が多いし相身互《あいみたが》いの気持も強いのかもしれない。薬の副作用の中で、どんなにか有り難く勇気づけられたことだろう。

その頃、親しい先輩からお見舞の品が届いた。はじけそうな箱を開くと、一番上に品物を守るように載せてあったのは、真ん中に穴のある丸いクッション。ベッドで腰が痛くならないようにという心遣いだ。なんという優しさ、と思いながら、その下の物を取り出す。メーンのプレゼントを囲っている品々。ビニール袋が幾つもあって、一番下にあったのは、ウイルスを通しにくいタイプのどっさりのマスク。免疫力が低下する治療だからという思いやりだ。その上にある箱は、ニンニクの加工品であるらしい。青森産のニンニクは見るからに体によさそうに思えた。

愛情の籠もった、という以上に、愛情がなくては思いつかない品々が詰まっていた。メーンの品を取り出そうと手を入れると、何かがフニャッと指に触れた。なんと、虫の形のプラスチックの玩具だ。わっ、とその玩具を放り投げて大笑いしながら涙が滲んだ。笑わせようとしてくださっているのね。それは今も、本棚の隅に大切に置いてあるので、時にうっかり驚く。

病気をすることで人は一瞬立ち止まる。今までの生き方でよかったのだろうか、と考えるだろう。ここで人生を終えて悔いはないか、と考えるだろう。彼は心配を受け励ましを受け、人と共に生きていることの有り難さを、勿体《もったい》ないほど実感し、治療が成果をあげなかった時のことをも思ったりしながら、来し方と行方に思いを巡らした筈だ。

「皆さんの〈愛〉に触れて、人生で出会う幸不幸の全てに、無駄なことは一つもないのだと、思い知りました」とフェイスブックに書かれてあった。本当にそうだ。

あきかぜにいちいちうごくこころかな

ところで、東日本大震災、津波、放射能被害から一年半が過ぎた。被害者にとって、あれほど理不尽な出来事はない。慰めようもなく役に立ちようもなくて口惜《くや》しい。被災地はその傷痕を今も見せている。

以前、津波に引かれていったらしい漁船がアラスカ沖で見付かり、春には名前の書いてあるサッカーボールやバレーボールも流れ着いて、持ち主の手に戻った。浮き桟橋までが海を渡った。どうしてあんな重いものが流れてゆくのだろう。

人生で出会う幸不幸の全てに、無駄なことは一つもない、と言い切れない場合が、時にある。


（日本経済新聞夕刊・二〇一二年九月二十九日）

生き合う

暑い間は、ほとんど庭に出ない。洗濯物を干すときと取り込むときだけ、さっと出てさっと戻る。その時の私はその素早さに、とても颯爽《さっそう》と見えている筈である。颯爽と言ってはみたが、要は、乱暴にばたばたと余計な足踏みをしながら狭い庭を行き来するだけのこと。

虫に好かれる体らしいのだ。蚊はどういう人を好んで刺すのか、血液型とか、体温とか、食生活での体の酸性アルカリ性、お酒を飲むとか飲まないとか、いろいろに言われるけれど、当たっているとは思えない。同じ血液型で同じ食生活の家人は刺されないし、刺されても痒みはすぐ取れる。だから私が必要以上に大騒ぎをしているような感じになる。

ともかく私はよく刺される。ストッキングは穿いていても関係なく、ズボンだって大して役に立たない。

今年はお彼岸に間に合わず、やっと咲き始めた彼岸花に見とれていたら、どっさり刺された。夏の蚊は勿論のこと元気だが、秋の蚊はしぶとい。一度近付くとなかなか傍を離れない。飛ぶというより浮かんでいるようで、ふわりふわりとしながら、共に今、この世に生きているのですヨー、と彼女は囁《ささや》く。

刺した蚊と痒い私とうすら寒

そう言えば庭の草を抜きながら蜂を摑んでしまい刺されたことがあった。刺した蜂は死ぬと聞いたことがあり可哀相なことをしたと思った。ところが刺したあと死んでしまうのは蜜蜂なのだと、あとで聞いた。本当だろうか。じゃ、あの子、私の指を刺したあと、元気に巣へ戻ったのかしら。それにしても、どうしてあんな草の中に居たのだろう。

俳句の仲間と丹沢へ行ったことがある。夏鶯《なつうぐいす》が、聞けよ聞けよと鳴き交わしていた。呼びかけてくれているようで、歳を忘れて私たちははしゃいだ。ところが本当は、あれは憎き侵入者に向かって自分の縄張りを主張し威嚇しているのだとか。

確かに傍に行くと鳴く。木の下に佇むと、すぐ上で鳴く。それでうっかり、呼びかけてもらったような気がして更に喜ぶ人間、私たち。鳴く声に喜んで真似をするともっと鳴くので、またまた嬉しくなる。が、それは人間の側の気持で、鳴く鶯の方は必死なんだ。それを私たちは、「老鶯《ろうおう》や」なんて喜んで俳句を作る。朝、明け始めると、もうホーホケキョホーホケキョで嬉しかった。ともかくも思った以上に良い処《ところ》で、昼夕夜、朝、と句会三昧だった。

先日、畑に居た女性が熊に襲われて亡くなった。春には、熊が人家の近くへ出てきたというニュースが数回。それは日本だけではない。人家の横をうろうろ歩いて怖がられる大きな動物は、なんとも気の毒だけれど、そこに暮らす人々は、熊が気の毒なとど言ってはいられない。だから、銃や麻酔銃で、なんとかしないわけにはいかない。

スズメバチが人家に近いところに巣を作ることが多くなっているらしい。近くに、というより人家に巣を作る場合も多くなっているそうだ。スズメバチに刺された痛みはひどいらしく、二度目に刺されるとショックで死に至ることもあるとか。

邪魔をしたり害を与えたり襲ったりするつもりはお互い無いのに、私たちは同じこの世で生きる為に、被害を与えたり受けたりして生き合っている。

（日本経済新聞夕刊・二〇一二年十月六日）

その気になれば

夕月やしっかりするとくたびれる

しっかりするのは苦手である。しっかりしようとしている時はいいけれど、その状況が過ぎた途端、がっくんと草臥《くたび》れてしまうから。誰かと一緒に居ても大勢の中に居ても、家に一人で居るときと同じ気分で居たい。キーッとしないで、いつでも、ほわーっとしていたいのである。

しかし、暮らしの一部分は、きちんとしていないと気持が悪い。例えば鶴を折るとき、尾や羽の先が寸分の狂いなく尖っていなければ嫌だ（小さな話だ）。お風呂の蓋が曲《まが》らずにぴったり浴槽に載っていなければ嫌だ（わざわざ言うまでもない）。原稿は、内容はともかく、字数と締め切りは絶対に守る。遅れたことはない（当り前だ）。一〇〇字の短文を頼まれて二〇〇字書いてしまったことが一度あるけれど、それ以外には字数を増やしてしまったことも、書けずに行数を減らしたこともない、と思う。それらは相手・編集者のためでもあるけれど、それだけではなく自分が気持悪いからである。

ところがその気になれば、坐っている横に積み上げた本が今にも崩れそうでも平気である。その気になれば、メモの字がグチャグチャで曲って読みにくくても全く平気である。この頃どうも、その気になりやすいようだ。これはまずい。

この稿の最初にある一行の言葉は俳句である。え？　俳句ってもっと上等なことを詠むのでしょ？　と思う人がおられるかもしれないが、これも俳句です。しっかりきっちりとワビ・サビ・シオリ、格調。それらがなくても、俳句です。

「夕月」という言葉は秋の季語である。月は一年中見られるけれど秋に一番美しい。だから秋の季語。

「月々に月見る月は多けれど月見る月はこの月の月」、表記は自己流に書いただけで、言葉もそう覚えているだけのことだが、母から教えてもらったことを思い出した。このように、月が一番美しいのは〈この月〉、（あら、〈この月〉が何月なのかは詠まれていない）。ま、そういうことで、月は秋の季語と決められた。ついでに記せば、「花」と言えば桜のことで春の季語。尚《なお》もついでに記せば「雪月花《せつげつか》」という場合の元々は、花と言えば梅であった。

そう言えば、「瓜売りが瓜売りにきて瓜売れず売り売り帰る瓜売りの声」なんていうのもあった。口移しで教えてもらったことだから、これも表記は知らないし間違っているかもしれない。忘れているかと思いながら書いてみたら、これも忘れていなかった。子供のときに覚えたものは忘れないのだなぁと、改めて思った。子供の時の記憶、それに加えて、五七五七七という身に沁みこんだ語調が、古い記憶を引っ張り出しやすくしているのだろう。記憶というものは、用が無ければどこかに沈んでいて、何かのきっかけで、ひょっこりと現れるから面白いものだ。

この頃これが現れにくくなって、とても情けなく困るのだけれど、すっかり諦めた後に思い出すことがある。あれは脳が諦めきれずに、律儀に働いているのだろうか。ともあれ加齢は記憶を不得意にする。少し草臥れるにしても、しっかりしなければならない。でも、キーッとせず、ほわーっと生きていたいのだ。

よく生きるってことは、なかなか難しいものである。

（日本経済新聞夕刊・二〇一二年十月十三日）

こっちこっち

東の低いところに大きな月が白く上がっていることに気付くと、とても得をした気分になる。東の低いところにある月は、すぐに昇りきって普通の月になってしまうのだから貴重なのだ。誰かに知らせたくなる。偶々《たまたま》その方向に向いていて、その方向に高い建物がなくて、というふうに条件が整わないと見ることが出来ない。そして次に見上げる時には、月はもう高空を渡っている。月は光って浮かんでいる。

白い和紙のように、薄々と透きとおっているように見える月。夕月自体も、「夕月」という言葉も好きである。この画数の少ない文字が綺麗だし、口を少し尖らせて発音の始まる、「ゆうづき」という音も、おっとりと美しい。最後に「き」と開く唇は、笑ったときの口になって嬉しく発音が終わる。そのことも素敵だ。

夜になってから昇る月は、そうなるチャンスがなくて、明るいうちに昇る月だけがなれるってわけだ。それも誰かが気付いてあげないことには在ったことにならない。

そして扨《さ》て光った月。見つけたあと月と自分との距離と角度は、遠い故にほぼ変化がないのだから、いくら歩こうと近くも遠くもならない。

こっちこっちと月と冥土が後退《あとずさ》る

何年に一度か、そんなことを意識する。それが子供のとき不思議だったことを思い出して愉しい。

冥土が在るとは思わない。でも在ると思ったほうが嬉しい。あの世、彼の世、天国、来世、黄泉《よみ》、冥途《めいど》、冥土、冥界。極楽や地獄や六道や。様々な場を人は創った。それは自分の将来の居場所でもあるが、それよりも、死んでしまった愛しい人の居場所として、在って欲しい場所なのだ。人は死別という永遠の別れに耐えきれず、そういう場所を創りあげた。隣の世界、冥土や黄泉に、誰彼が棲むと思いたいばかりに。

弔辞で言う。天国で安らかにお休みください。先に逝った誰々が待っています、私もあとから行きますから待っていてください、と語り掛ける。誰もが、親しい人が死ぬと、死後も何処《どこ》かに居てもらわないことには耐え難い。私もそうだ。

こっちこっちと後退るような月との距離は詰まらないし、自分が死んでも、冥土にはついに辿り着けないのだけれど、と言ったら、神仏を信じない不謹慎か。そうだといいなあ私だって、逝った誰彼、今は私の中に生きている誰彼に逢いたいよ。

夏に郡上八幡へ行った。九州などで雨の被害があったその頃だった。郡上もきれぎれに豪雨。途中、長良川は溢れんばかりに波立っていた。支流の吉田川は、泥っぽく荒れていた。橋の横で、郡上踊りを見た。

郡上一揆の死者への供養の踊りかと思っていたら、言ってみればレクリエーション、と地元の人があっさりと説明してくれた。「本来は祖先や物故者らの供養の踊り」と冊子に書かれてあった。本来は、だから、今はそうではないということ。行きの電車で乗り合わせた女性は名古屋に近いところから来ていて、毎夏、三回ほど踊りに通っていて、それが三十年になると話していた。

確かに明るく元気で、しかつめらしくない陽気な踊りだった。踊らにゃ損々。見物の人は皆、どうしたって体は揺れるし、特に足元が調子をとってしまうのだった。

（日本経済新聞夕刊・二〇一二年十月二十七日）

吐く息

あまり神経質なタチではない、と思っている。まぁいいか、と思えば気にならなくなるし、私にとってはどうでもいいことだ、と思えばそこから離れることが割合に出来ると思っている。心が大雑把《おおざっぱ》であるらしい。だから周囲に嫌な人が少ない。嫌いな場合は思わないようにするから、居ないと同じになるわけだ。

ところが体が神経質というか過敏というか、汗をかけば肌が真っ赤になり、花粉のせいか他の何かのせいか、どの季節ともなく顔が赤く腫れて痒くなったり湿疹が出来たりと忙しい。病院に行っても完璧に効く薬に巡り合わない。お風呂でゆっくり温まらないでください、と医師は仰る。寒い日の長湯は至福のひとときではないか。明日痒くてもいい！と決心してから長湯をする。

医院の待合室に、どの花粉がどの月に多いかというグラフが貼ってあって、それを見ると、何もない月は要するにないのである。そこで、ま、死にはしないし、なんて諦めることも出来る。と、自分を褒める。

だが、これはかなり強がりで、実はほとほと困っているのである。世の中にはアトピーや花粉症や、なんとかアレルギーなど様々あって、辛い思いをしている人が沢山居て、私はラクな方だとよく分かっている。

分かりながら嘆くわけだが、ある時は自分の呼吸が気になる。心臓の動きが気になる。寝る時に左を下にすると、心臓の動きがくすぐったくて眠れない。誰でもそうなのだろうと思って話したら笑われて驚いた。だからその後は内密にしている。

ふと、息の吸い方が足りない気がすることがある。どのくらい吸って、どこで吐こうか気になりだすと、これはシンドイ。勝手に自分でそうなっているのだから我ながらアホらしい。呼気はどこまで吐いたらよいのか、などと迷ったりするのは、まったくツマラナイことである。

明朝早く起きなければならない、と考えたらもう眠れない。昔、学芸会の前夜や遠足の前夜など、一晩中、そのことを忘れて眠るように努力して、それに疲れてその結果、朝起きられず辛かった。

肉体が神経過敏なことは、細かなことに気が付くということにはならない。小さなことに気が行っているから、大事な部分で間が抜ける。我ながら不便な心身で使い勝手が悪いったらない。過呼吸というのがあるらしいが、幸いにも経験がない。友人が、頭から袋を被って酸素の摂り過ぎを治したと聞いて、私がなっても不思議はないことなので覚えておこうと思った。ところが先日、その方法は命取りになりかねないという説があると知って驚いた。

ところで、吸った息を吐くという行為は、考えると恥ずかしい。息は体の深いところを巡って出てくるのである。本人も知らない体の中を巡り体外へ出る。それは見えもせず、まるで無いような風をしている。でも、体内の暗がりを通って温まったものだ。なんというはしたなさ。生きてるって、はしたないこと？　そうかもしれない。少なくとも清いことではなさそうだ。

きぬかつぎ嘆いたあとのよい気持

あぁ、ぐだぐだ嘆いてすっきりしたっ！　特別よいことがなくても少々不便があっても、生きていると気持よいことが何かある。

（日本経済新聞夕刊・二〇一二年十一月十日）

拳ひらくと

あのサリン事件について何方《どなた》かが話していらしたことを、脈絡なく思い出した。サリン事件が起きた霞ケ関駅のあの鬼気迫る光景、繰り返し新聞や雑誌やテレビで見た、何年経っても忘れられないあの光景。地下鉄駅の改札を出て階段を上がり、街の舗道へ出たところに、沢山の人が倒れ込んでいた。モスグリーンの制服を着た地下鉄職員が数名、必死で介抱していた。凡人の私は、必死の人たちの姿だけしか目に入らず、他の周囲の状況は何も意識していなかったので、周囲の様子が記憶にない。ところが、映像や写真をその気で見ると、その横をたまたま通っている通勤途中らしい沢山の人々が映っていた。初めて意識したその光景。確かに其処《そこ》には、多くの人々の日常の姿が映りこんでいることに気付いて、愕然《がくぜん》とした。

通勤途中らしい多くの人々は、驚き仰天して立ち止まってはいないのである。何かあったのかなというようにチラと見て、何かあったらしい、という表情で、関係のない者として、来たと同じような速度で傍を通り過ぎて行っていた。車道の車の渋滞の様子でも見たように、一瞬ちらと目をやり、直《す》ぐに自分の世界に戻り先を急いでいるのである。

その通りすがりの人は、害を受けていないわけで、勿論そんな大事件が起きている現場だとは知らない。目的地に着いてはじめて、または帰宅後にそのニュースを知って、震え上がったことだろう。世の中の人々の幸不幸は、知らなければ、気が付かなければ、気にしなければ、自分にとっては無なのである。

そこに居合わせた人たち全員が、上司の命令に忠実だったのだ、と分析している人がいらして、成る程と思ったのだった。

先ず犯人たちは、教祖の命令に忠実だった。地下鉄職員も自分の命をも惜しまず職務に忠実だった。その為に命を落とした職員もいらした。また、そこを、ちらと見たまま通り過ぎていった通勤の人たちは、遅刻しないように忠実に職場に向かって急いでいたのだ、というのである。

そう言えばテレビ画面で何回も見た、地下鉄駅構内で、声を嗄《か》らして避難誘導をしていらした、あの若い駅員さんは、今も丸ノ内線の何処かの駅で、お元気に働いておられるのだろうか。

初夏に、指名手配されていた女性が見付かり、夏には一人の男性が捕まった。彼女も彼も教祖や教団に忠実だったのだろう。ひたすらであった過去を誇らかに懐かしみながら隠れていたのか。身も世もなく後悔し恥じ入りながらひっそり生きていたのか。どちらにせよそれは、やたら哀しく思われる。真剣に生きたつもりが、ふと気付くと何も無かった、ということは誰にもありそうだ。

拳ひらくと綿虫はいなかった

生きていると、いろんなことがある。私そして誰か、外から見れば単なる一風景が、本人にとっては生きるか死ぬかの、生きられるか生きられないかの重大事であったりなかったり。新聞やテレビで、様々な人の様々の幸不幸を知る。

それが他者にとっては一つの風景にすぎなくても、その一人一人に感情があって、喜んだり嘆いたり、我が身の存在の儚《はかな》さに、呆然としていたりするのですねえ。

（日本経済新聞夕刊・二〇一二年十一月十七日）

死木と裸木

山より海が好きだ。でもそれは海に近く暮らしたことがあっての郷愁のようなもの、というだけのことかもしれない。いつでも、水が見えると嬉しくなる。山の緑の中に居て、そこに川や谷、或いは池が在ったり、湖や海が見えたりすると、何故かとても嬉しくなる。ついつい深呼吸してしまう嬉しさなのだ。

勿論、山や野は緑だけが美しいわけではない。紅葉、黄葉、そのあとの枯れの姿も悪くない。昔、二年間だけ九州に住んだ。耶馬溪《やばけい》に行ったときだったと思う。ちょうど紅葉の盛りで、その美しい色に息をのんだ。都会のそれとは比べられない鮮やかさに目を奪われ驚いた。公孫樹《いちょう》の巨木が一本、他の木々と離れて在って、それは日を浴び金色に輝いていた。黄土色に近い黄葉ではない、その黄色、金色は、その日まで見たことのない色だった。紅葉の赤さも都会では見られない鮮やかさだった。今も、思いさえすれば、その輝く公孫樹は、高空にすっくと立って見える。

その頃の、三十歳代に入ったばかりの私は、自然よりは人間に、人の住む街に興味があったけれど、街の暮らしだけでは見られない美しいものがあることに気付かされた。

今年は遅かったが、いよいよ完璧な枯の世界になってきた。暑さのあと寒さが極まらないと紅葉も黄葉も半端で終わる、そのことが好きだ。落ち葉し尽くした木、裸木も好きだ。晴れ晴れと立つ裸木は光を遮らず、何も主張せず、でも輝いて、でも光を自分だけのものにせずに素通りさせる。中には、裸木と見えながら実は死んでいる木もある。春の芽吹きが始まると、その生死が人目にも分かるのだけれど、冬の枯木立の中にあるとその区別は付きにくい。生きている裸木が、命あることを主張しないからである。「裸木」は「はだかぎ」とも「らぼく」とも言う。次の句、「しぼく」に合わせて、「らぼく」と読んでいただく。

死木立つ高き裸木に取り囲まれ

いつのことであったろうか。確かＮＨＫのテレビだったと思う。それも、番組をちゃんと見たのではなく、予告のようなものだったかもしれない、という程の不確かさだけれど、忘れ難い絵がある。

人間の遠い過去を、壁画と言われるものが伝えてくれているが、その多くに狩猟の様子が描かれていて、動物の姿や狩猟の様子を知らせている。そういう中で、確かブラジルのカピバラで見付かった壁画に、植物が描かれていた。「木を囲む人」というそれは、世界最古の植物画であるらしい。聖なる木に向かって人々が手を掲げて取り囲み見上げているような絵だった。他に確か「ハチミツを味わう家族」「星を見ている家族」など、生きている畏れ、人と共に生きている喜びと感謝によって描かれた、と感じさせる絵だった。

そこには、食べて生きてというだけではない、人間の「心」が感じられた。聖なる木を囲む行為には、全ての生きとし生けるもの、それを静かに育む自然、それらからの恵みへの、謙虚な感謝の心が感じられた。

いいなあと、思っている間にテレビは他の話に移っていて、本番を見ていない、というドジな私らしい結末だった。ところで死木と切株《きりかぶ》はどちらが晴れ晴れしているのだろうか。


（日本経済新聞夕刊・二〇一二年十一月二十四日）

ひろごる

俳句の師、三橋敏雄は二〇〇一年十二月一日に亡くなった。

先生ありがとうございました冬日ひとつ

右記の俳句は先生への私の追悼句。このこと以外は何も思い浮かばなかった。死んだことがないから分からないが（いや、死んだことがあって生まれたのか？）、死者に生者の声は聞こえないだろう。先生がこの句をご存知ないことが口惜しい。

死にそうになって生き返った人はいて、花野が綺麗だったとか、誰かが呼ぶから帰ってきたとか仰る。その人は死にそうなところまで行ったけれど死ななかった人で、本当に死んだ人は語らない。臨死体験とは死に臨む手前の体験ということだ。

過日、小児癌専門の医師のお話を聴いた。少し前まで、それは不治の病で、まるで看取《みと》ることが仕事のようで切なく鬱になったが、今では八割は回復するまでになったとのことで嬉しかった。そして、幼くして逝った子どもたちも、ちゃんと一人の人生を全うしたのです、と話しておられた。先生も幼く逝った子も花野を通って逝ったろうか。

地球のあちこちで、交流もなく人がそれぞれに暮らしていた遠い昔、お互いの存在をも知らない遥かな土地で、相談出来たわけでも、報告し合ったわけでもないのに、どの国もが神仏を在《あ》らせ、あの世や天国を在らせたことが不思議でならない。しかしその信仰が、往々にして争いの原因になることが一層不思議で解せない。命を尊ばない信仰ならないほうがいい、と言ったらマズイのか。神は何もなさらず沈黙し、哀しみを共にするだけという、遠藤周作のキリスト観に私は深く同感している。

ところで加齢とは、自分に死が近づくだけでなく、周囲の親しい人たちに死が近づくことなのだと気付いて驚いた。かつて、亡くなるのは親の世代の人たちだった。ところがこの頃、好きだった人、大事だった人、居てもらわなければ困る人が次々逝くのである。その度に呆然として泣いた。その人たちに地獄でならば逢えますよと言われれば、地獄にだって行きましょうぞ。

亡き人に見られている気がすることがあって、夢で逢うことがあって、護られていると感じることがある。

〈死に消えてひろごる君や夏の空〉、これは三橋敏雄の、高柳重信への追悼句であった。そうなのだ。三橋先生も死に消えて広がった。無こそが限りなく広いのである。

生存中は月に一度位しかお逢い出来なかったが、亡くなってからは何処にでも漂っていてくださる。亡くなるまでは苦しそうだったけれど、死んで消えて広がった先生はいとも気持よさそうだ。新宿から小田急ロマンスカーに乗って行かなくても、一メートルほど前から見ていてくださるし、斜め後から原稿を覗いていたりなさる。朝寝坊だった先生に朝早くから質問もできる。

三橋先生は最後の句会、亡くなる二週間ほど前の句会に、〈山に金太郎野に金次郎予は昼寝〉という揮毫《きごう》の色紙を持参された。辞世の句のつもりでいらしたのだろうと思う。

流石《さすが》である。こんな気持のよい、残された私たちがほっこりと安心できる、この句の長閑《のどか》な暖かさ。これは三橋敏雄という俳人が最後の力を振り絞っての、私たちへの優しさだったのだ。


（日本経済新聞夕刊・二〇一二年十二月一日）

母の手

食べる、という行為は愉しい。それが命保持とか健康の為とか、そういう前向きな理由だけでなく、体に悪いと分かっていても食べたいものもある。お酒や煙草もその類で、体に悪いと知りながら食べたり飲んだりするのは、悪い女や悪い男に現《うつつ》を抜かすことに似ているのかも。また、人はどんなに老いても、食べて美味しいと思えたら、生きていることを嬉しく思えるのではないかしら。

ところで、妊娠中の味覚の変化はとても面白い。娘が胎内にいる時、何も食べられなくて、或るとき急に烏賊《いか》の燻製が欲しくなった。買ってきてみたらその匂いに気持悪くなった。そんなことを繰り返して最終的には、昆布をさっと炙って何もつけずにぽりぽり食べた。毎日食べた。

息子の時にはビオフェルミンの大きな瓶入りのものを手許において、こりこり噛んでいた。お産が終わって退院して、残りのビオフェルミンを当然のように口に入れたら、思っていた味ではなくて驚いた。

初めて授乳をして数日後の乳首は傷ついてひどく痛かった。触っただけで痛い乳首を思い切り吸われるときには本当に涙が出た。少し育つと乳を吸いながら手種《てぐさ》に胸を抓《つま》む。小さな指の小さな爪は、薄くて刃物のようだった。

冬あたたか嬰《こ》が母の手を食べんとす

赤ちゃんは唇に触れるものは何でも吸おうとする。最も口に入れたいのは何だろう。それは間違いなく母の肉体、即ち母という存在そのものではないだろうか。赤ん坊のときのことを覚えていないから何とも言えないが、きっと一番安心する。

娘への母乳は溢れるほど出た。そのぶんカルシュームを摂らなければならず小魚をよく食べた。ダシを取ったあとの煮干も、マヨネーズを付けて食べた。ところで「たたみいわし」を考えだした人は偉い。あれは普通の漁師さんか、その女房殿がふっと思いついたのだろう。目刺や干物や煮干、凍《し》み豆腐然《しか》り、凍み大根然りである。偶然に出来たものが美味しかったり便利だったりして、そのあと積極的に作るようになったのだろう。中でも、たたみいわしは、あの薄さによって傑作である。弱肉強食は世の習いだが、ただみいわしのあの黒い目はなんとも強烈。

昔、有馬温泉のちょっと上等な旅館に泊まったことがあった。朝飯のための部屋へ行くと、廊下の方にまで香ばしい匂いが漂っていた。どんな上等な焼魚が出るのかと部屋に入ると、その部屋の隅で、和服の粋な男性が一人、正座してただみいわしを焼いていた。余りのものものしさに笑いそうだったけれど、確かに、焼きたてのそれは香ばしく美味しかった。主婦は家でそれほどの焼きたては食べられない。金子みすゞの詩「大漁」のように、海の底では魚の弔い、などと思いながら、香ばしい一枚をぱりぱりと食べた。何匹の命を食べたのだろうか。

話を戻そう。お乳がよく出て母子共に嬉しかったのだけれど、その代わりお乳をやめるのが大変だった。子供はオッパイを飲んでその続きのように眠る快感を忘れられない。眠くてオッパイが欲しくて眠られず、唇に触れたものに吸い付く。

母親の方も本当は、乳を吸われることでの、わが肉体の快感を、名残惜しくも思うのだった。

（日本経済新聞夕刊・二〇一二年十二月十五日）

港の見える丘

娘が三歳、息子がお腹の中に八ヶ月、という頃、横浜に引っ越した。公団住宅の走りで、同じくらいの年代の家族が多かった。ちょっと新しい暮らし、一つのドアに鍵する暮らし、例えばダスターシュートがあり、ベランダに洗濯物を干す暮らし。

長女は其処で幼稚園と小学校低学年を過ごし、息子は其処で生まれて幼稚園までを育った。二十歳代の私にとって、いわば母親業の真っ盛り時代。近くの「港の見える丘公園」や「山下公園」でよく遊んだ。

昔々、私が子供の頃、「あなたと二人で来たー丘ーは、港が見える丘ー」という歌詞で始まる歌謡曲があって、そうそう確か渡辺はま子という歌手が、よくラジオで歌っていらしたと思う。だから「港の見える丘公園」という名称は、どこかこそばゆく嬉しいのだった。

歩いて行けるその公園からは本当に港が見えた。住んでいた公団住宅も見えた。公園としては広くはない、本当に海を見るための丘だった。今は何年に一度しか行かないが、公園自体はひどく変わってはいない。しかし行く度に、周囲や海の手前の風景が違っていて、ウーンと思う。いろいろなものが建ってしまった。

家と逆の方へ丘を下ると元町。洒落た店が並んでいて、いかにも港町といった風情。元町のバーゲンセールがあると知ると、学校と幼稚園に子供を送り出して、友達と連れ立って買い物に行ったものだ。お店を梯子する、あの若く元気だった主婦&母親時代があったのだった。

山下公園にもよく行った。其処からは逆に「港の見える丘」が見えた。吹きっさらしの港から望むと、同じ寒さであるはずのその丘は、どことなく暖かそうに見えたりした。

港寒しあれが港の見える丘

山下公園が、関東大震災の瓦礫《がれき》で埋め立てられて出来たことを最近まで迂闊《うかつ》にも知らなかった。去年の東日本大震災のあとで知って驚いた。今回の東北とは違って、放射能の被害などは無かったわけだから、何の問題も無く瓦礫はどんどん運ばれ埋め立てられたのだろう。

震災、津波、放射能被害の後、丸二年に近付いているが、今も、東北の瓦礫をどう処分するかの大問題は進んでいないように見える。見渡す限りの瓦礫。それをどうにかしないことには次へ進みようがないだろうと胸が痛む。瓦礫を処分するための引き取り先がなかなか決まらない。引き取る側から反対が出るのは、例えば子を持つ親の心情など思えば尤《もっと》もで、出来ることなら近くに持ってこないで欲しいという気持は、身に沁みてよく分かる。

しかし、瓦礫が昔の我が家であったりする人々の気持を思うと、その論議を聞くのは、とても辛い。松林の倒木の処分についてさえも、その年の内に問題が起きた。いま私は、実際に自分の身に降りかかっていないことを言っているので気が引けるけれど、本当にどうしたらよいのだろう。誰でもが自分の身を護りたいし、家族を被害から遠ざけようと努めるのも当然で、火種から遠のいていようとするのは、家族に対しての一種の責任でもあるだろう。

しかし、例えば堆《うずたか》い瓦礫の山の映像を見るにつけ、ともかくも危ないものはこっちに来ないで、という主張を聞くのも亦《また》、本当に切ないものだ。

（日本経済新聞夕刊・二〇一二年十二月八日）

流れる

お姉ちゃま、と呼んでいた。綺麗な和紙の千代紙をお土産に戴いて夢見心地だった。その千代紙をどのように使ったのか覚えがないが、幼い私にそれは長い間、宝物だった。色白で瓜実顔《うりざねがお》というのだろうか、笑顔の優しい、でも眉の辺りが憂い顔のお姉ちゃまは、声がとても美しくて、今思えば東北訛《なま》りがあって、話すと歌っているように聞こえた。その人とこれからずっと縁があるらしいことが分かったとき、子供ごころに嬉しかった。ときどき私は、その人をうっとりと眺めているのだった。

お姉ちゃまはお兄ちゃまのフィアンセだった。お兄ちゃまは母の一人っきりの弟で、なりたての小児科医師で、お姉ちゃまはその病院の看護婦さんだった。

昨年の初冬、その人が逝った。コスモスの花が好きだから死ぬなら秋にと言っていたと、その人の娘である従姉妹《いとこ》から聞いた。コスモスには少し遅く、野にも花舗にも見当たらない。従姉妹はせめて上等な造花でもと探したが適当なものが見つからず、まさかと覗いた一〇〇円均一の店で、可愛いコスモスの造花を見つけた。それをどっさり買ってきて、家のそこここに、今も飾ってあるのだという。

お姉ちゃまこと叔母は福島県のとある漁港のある街に、娘と住んでいて、一年前に脳梗塞で倒れた。看護婦だった人だから、患った時には決して人工的な過度のことはしないようにと常々言っていたらしい。しかし倒れた時に救急病院から、手術をするなら引き取るが、そのつもりがない場合は他所を探すようにと言われたそうだ。手術をした場合、意識は戻らないが命は助かる。手術しなければ余命は三、四時間、と宣告されて、従姉妹はそのまま死なせることが出来なかった。そして本人にとっては不本意だったかもしれない状態で一年生きた。その間に東日本大震災があったが本人は何も知らないらしい。それを幸運と言おうか。幸不幸まさに糾《あざな》える縄の如しで、怖ろしい思いをせずに逝き、今は都下の墓苑に眠っている。

その叔母がフィアンセから妻になって間もなく、若い医師の夫・私の叔父に赤紙がきた。二人はその時代の多くがしたように写真館で写真を撮り、叔父はニューギニアへ行った。叔母は身重だった。そして叔父は戦死した、らしい。産まれた娘に父がしてあげられたのは、名前を付けただけ。

その後の母子の苦労は想像しただけで分かる。夫や息子に死なれたあの時代の女性たちが辿った辛く厳しい暮らしの中で、憂い顔に笑みをたたえて、看護婦として、そのプロ意識を支えとして、叔母は生きた。

夫に死なれたことへの同情の言葉に、若く死んだ人が一番可哀相《かわいそう》よ、私は元気に生きているんだから、あんな優しい人が若く死ぬなんて本当に勿体《もったい》なくて、死んだ人が一番可哀想、と言うのを聞いたとき、あぁ本当にこの人は夫を愛していたのだと思った。それは、あの時代の若い夫婦の、愛が冷める暇もない別れの一つ。叔母と同じような一生は山程あった。平凡な女の幸福とは言い難い一生は、しかし同年代の人々にとっては、少しも珍しいことではない。

その後を懸命に生きてきたその人たちは今、寿命の端に居る。あの震災、ましてや津波に流されて無惨に死んでいった人々の中にも老人が沢山いらしたが、叔母のような戦争未亡人も多く含まれていた筈だ。時代に翻弄されながら健気《けなげ》に生きて、生きていたから曳《ひ》く波に連れられて、この世から流れ去った。

叔母はその少し前に倒れ、その頃には高台の病院だか施設だかに居たので直接の害は受けず、意識がないから怖い思いもせず、被災者の娘の暮らしがやや平常に戻った頃、何も知らずに逝った。

十二月八日のテレビで真珠湾関係の番組があったが、その中で、かつての兵は今も怯え恥じていた。戦争という言葉で括っても納得は出来ない、人を殺した自分への取り返しのつかなさ。それ以外に生きる方法がなく流された人生であったにしても、人間として許せない自身の過去。「今まで家族にも話せなかった。いま初めて話すけれど……」と九十歳を超えた人が、七十年近く口に出せずに、さりとて忘れられずに抱いていた悔いを、涙ながらに告白する。それは日本兵だけのことではない。敵も味方も同じ人間なのである。

叔父はいつどのように死んだのか。いや、その前に、ニューギニアという地でどのように生きたのか。まだ自信のない若輩医師は人命を守り得たか。薬はあったのか。いや、そのこと以上に、軍医の彼は人を殺さずに済んだのだろうか。

その妻、九十二歳の最後まで美しかった叔母・お姉ちゃまの四十九日法要は穏やかな冬麗だった。

必要に迫られて看護婦という職業を続け、だからそのぶん、お姉ちゃまは社会の中で人のために働き、人と触れ合い、自信を持って生きていたのだ。

去年の震災で絶望を経た方々も、時が流れる中できっと道を拓いて生きてくださる。

（日本経済新聞朝刊・二〇一二年二月十二日）

II

彼の世も小春日和か

停車しそうなので、此処《ここ》は何処《どこ》だろうと、新幹線のあれはなんというのか、一行だけテロップの入る電光掲示板を見ると、「We are now at Kumagaya station」。そうかそうか、We are だわ、なんて思っていると、日本語が現れた。「ただいま熊谷」。なんとまあ、あっさりと明解なこと。「我々は今、熊谷駅に居る」とは出てこない。成る程。

続いて、「道路の下に発泡スチロールが敷いてあるのをご存知ですか」、へぇー知らなかった、そうなのか。続いて「発泡スチロール協会の提供」。あぁこっちはCMだったのね。その協会名も知らなかった。知らない処《ところ》で、みんな頑張って働いて生きているんだ。

中学の同級会のために、上越新幹線で新潟へ向かっていたのである。車中でのためにに本やノートを用意しているのに、愉しみで気が散って、つい電光掲示板なんかを見ていたのだ。

素が知れているから、中学の同級会は楽しいのだと、誰かが蘊蓄《うんちく》を傾けていたっけ。私は早生まれだから小学校の低学年の頃は、四月生まれの同級生がとても大人に見えた。今や全くその差はない。人それぞれで、一年や二年の年の差は、あって無きが如しである。

三月に生まれた。鎌倉の極楽寺の産院で夕方に、小さく生まれたそうである。残念ながらその覚えはないが、三月という季節、三という数、三という字も、「さん」という音も気に入っている。寒くなく暑くなく、桜が咲き始めてまだ散らず、他の花はぼちぼち咲き始めて咲き満ちてはいない三月が、好きである。三月は、残る寒さから始まって、暖かさに変わる月である。そういう季節の日暮に生まれたことが、実は気に入っているのである。

娘は十二月二十五日生まれ。陣痛の合間に、私は生まれて初めて七面鳥を食べて、それから入院した。痛い痛いとクリスマス・イヴを経て二十五日の三時ごろ、立派なお嬢さんですよ、と先生に告げられた。三三〇〇グラムもあったので、初めて対面した時、皺くちゃではなく髪も黒く、その髪を綺麗《きれい》に梳かしてもらって、彼女はいっぱしの顔ですまして眠っていた。その後、誕生祝いとクリスマスが、一度で済まされてしまう生まれである。

息子は二月十九日生まれ。正午から突然に陣痛が始まって、あっさり十四時に生まれた。よく知らないが星占いで、水瓶座になったり魚座になったりするのだとか。本当かしら。

夫は誕生月に父の日があって、こちらも、プレゼントはいつも一回だけで済まされる。そう言えば私の誕生日は、小学校の通信簿を貰う日だった。

三月十日十一日わが生まれ月

唐突に話が変わるが、例えば十二月八日は、日本が真珠湾を奇襲した開戦日である。そんな古い話は知らん、という若い人にとってはジョン・レノンの忌日。三月十日は更に知る人が少なくなってきているだろうか。一九四五年のその日、東京大空襲があった。死者は八万人とも十万人とも言われ、焼失家屋は二十七万戸以上と言われた。

そして十一日。もう二年になるけれど、これは今のところ誰もが忘れようもない、あの東日本大震災のあった日。本当はここに、福島原発事故、メルトダウンを起こし放射能が流れ出たあの十二日をも、はっきりと加えるべきかもしれない。地震と津波だけの被害だったならば、被災者の悲しみと苦労との種類は今とは違っていたことだろう。

こうして何たること、私の生まれ月は穢された。私は待たれて恵まれて生まれたのに、母の胎内にぬくぬくと漂っていた、誕生の一ヶ月前に、二・二六事件があったのがいけなかったか。その後、抗うことのできない国家の変化に思いっきり流された。

新潟は、戦病死した父の郷里。父が出征しなかったら、死ななかったら、新潟に住まいはしなかった。私のはっきりした記憶は其処《そこ》に始まる。暮らしの変化も我慢も失望も希望も、書く行為も其処に始まった。言葉を書き連ねたノートをいつも持ち歩いていた。

クラス会に出てこられる人は健康その他で恵まれている人たち。でも、妻や夫に先立たれた人や、連れ合いが病気の人も居た。それでも会いたくて集まる。三月、めでたくまた歳をとる。

（「俳句α」二〇一三年二・三月号）

もろもろ

無機質な東京のところどころに、唐突に桜が咲く。東京のところどころが一変する。桜は不思議な花である。それぞれの人にそれぞれに語り掛ける。するとそれぞれの人はそれぞれの過去を手繰り寄せる。

待っていた梅が咲き辛夷《こぶし》、花水木、蘇芳《すおう》が咲き、桜が咲き満ちる。それは空を隠し、水があれば水に映り水にこぼれ、しばらくを浮き流れる。土に溜まった落花は時に舞い上がり渦巻きながら移動する。寒いところではさまざまな花が暖かさを待っていて、さぁ今、というように、いっせいに咲き満ちる。

東日本大震災の被災地にも桜は咲いた。あれ以後、人間、少なくとも日本人は何かが変わった。それは単純ではなくて一概には言えないが、大雑把《おおざっぱ》に言えば、この世という現実世界の儚《はかな》さを実感した、ということだろう。楽観しての大丈夫が言えなくなった。決して後戻り出来ない、決して取り返しのつかないことがこの世にはある、ということを身を以て知った。実感として、大きな絶対的な何かにひれ伏す思いを体験した、ということかもしれない。

阪神淡路の大震災の記憶も濃いが、阪神淡路の場合は天災だった。家が混み合っていて火災が広がったとか、人災的なことも無かったわけではないが、東日本の場合は人災の程度が大き過ぎた。だから残ったのは悲しみだけではなく恨みが濃く後遺症が永い。頑張ればどうにかなる範囲を超えた。

私たちは、余りのことに言葉を失いそうになった。そして思い返して今だからこそ書かなければならない、書かずにはいられない、という衝動にかられた。その結果、書いても書いても書ききれない、書き得ない、言葉が思いに追いつかない、書くことの限界に悩まされ、例えば俳句では書けない、という不甲斐なさと格闘した。格闘に勝ち目はなくても、だからと言って知らぬ振りはできない私たち。

建物の無くなった町の風景は、其処で確かに人々が暮らしていたのだという証拠の土台だけを残す酷さ。普通に言う廃墟はもう少しは人の温もりの気配を残しているのではないのか。このことを考え始めると、思いが其処から離れなくなってしまう。

ところが其処に芽を出すものがあって、小さな花を咲かせ、また中空には花咲かす梢がある。それは其処がこの世であることの証しのようだ。人為的に種を蒔き木を植えて、ではなく、人無しの町にそれらは自ずから芽生え花咲き、人を慰め励ました。かつて広島が何十年かは草も生えないと言われながら生き返ったように、あぁ其処は、いつ生き返るのか。そう、其処は絶対に生き返るのだと、歴史が囁く。

私の家と道を隔てて二軒の寺がある。お墓が怖いという人も居たりして、昔、娘のボーイフレンドたちが、息せき切って走って来たりして可笑しかった。確かに石塀の上に卒塔婆が見えていたりするが、近所に住む私たちは誰も怖いなんて思わないから不思議である。

四月、花祭の行事は幾つかのお寺が順に行うらしい。それが隣家なのに、いつも気が付かないのだから、花祭のあと、使い終わった花御堂が置かれているのを見かける。萎れた花は零れて、数日で土になる。

土くれのもともろもろや花祭

土塊は初めから土塊ではない。もろもろのものが交じり合って元の色を失い元の姿を消して土になるのである。

一緒に暮らした猫を庭に葬ったことがある。彼を埋めたあとの土饅頭は、とっくに平らになった。あの子は土になって傍の白侘助《しろわびすけ》を毎年沢山咲かせている。入院先でその猫は死んだ。外出の帰りに、治らないなら連れて帰ろうと病院に寄ったとき、まだ温かく死んでいた。バスタオルで包んで抱いて帰った。家に着いて、段ボールの箱にタオルを敷いて寝かせた。友人がわざわざ遠くからお別れに来てくれた。冷たく硬直していくのが分かった。しばらくして蚤が一匹現れた。死んだ猫を見捨てたのだと思い腹が立った。口惜しくて、その蚤《のみ》を摘みトイレに流した。

人を含め猫を含め虫や花を含め、月日が土塊を完成させる。土塊は何も恨んではいないだろう。津波で持ち去られた命、放射線で人の近づけない町のあれこれ、もろもろのものが土になる。

（「俳句α」二〇一三年四・五月号）

ありがとう

「拝復」というタイトルの句集を纏めたことがある。この言葉を一度は使いたいと思っていたのだった。

拝復の前には「拝受」がある。拝受の前には「拝啓」があったわけだ。手紙の「拝啓」や「拝復」の次の行には、平凡な気候の挨拶が続いたりすることが多い。暑いとか寒いとかいう決まり文句は、平凡で無意味なことのように見えながら、実は、そのような気候の日々を共有していることでの親しみと安心と、その同じような気候に護られ、一方では同じような環境に抗いながら共に生きている我々の、それを取り巻く、途轍もなく大きな何かへの感謝が含まれているような気がする。日本は四季のある国だからこそ、その日その日の気候が気になっていて、敢えて言いたくなるし書きたくなるのだ。

拝啓、拝受、拝復、拝読、拝眉、拝聴、拝見などなど、こういう言葉を、身に沁みて好きと思うようになったのは、いつ頃からだったろうか。昔は取り立てて意識はしていなかったけれど、本当に好きである。ただの二文字に託された気持を語ろうとすれば、ひどく沢山の言葉が必要になる。

この世に生きて、随分いろいろなものを戴いていることを時に思う。いつも全てに感謝しながら謙虚に素直に生きてきました、と胸張っては言い難いけれど、それでもほんの少しずつではあっても、謙虚に素直にと私を修正してくれるものがあった。それは、加齢という現象の力であったか。俳句を作る行為も、それを加勢してくれていたと思う。俳句は人を客観的にするからである。偶然か必然か関わってくださる全てのものに感謝したい私が、時々とても嬉しかったり、淋しかったり恨んだりもしながら、今を生きている。

拝受するもの、それは多すぎて数えきれないけれど、先ずは日の光。当たり前だが、地球は太陽の光なくして命を育むことは出来ない。しかし日の光は、余りの偉大さに拝受の思いを忘れさせる。ましてや真夏の真昼には、勿体《もったい》なくも邪魔だとさえ思う。日が沈むまでは外へ出たくないと思う。なんたる恩知らず。夏は日中よりも夜が好き月が好き。と言っても、月さえ、日の光がなければ単なる砂っぽい球体でしかない、らしい。

まったく人間は自分本位に生まれついているらしく、日の光をありがたく思うのは、雨や雲で光が遮られているときや寒い日である。暑い日向では日の光を受ける喜びを忘れてしまう。

木洩れ日をくださる初夏の桜の木

桜並木の葉の隙間からちらちらとこぼれる光の粒は、粒であることによって、光の恵みを意識させる。そこで初めて、美しい光よ、ありがとう、と思い、木洩れ日という現象を作ってくださる葉桜よ、ありがとう、と目を細める。

さてワタクシ、先ずは父母から命を拝受した。当然ながら、そのことが我が人生の最もありがたい出来事なのに、残念ながらそこの記憶は無い。過日、偶然に見たユーチューブの写真、すごかった。帝王切開でこの世に生まれたばかりのその子、まだ切り開いたままらしい母体の中で、医師の指をしっかりと握っている映像だった。あのー、失礼ですがヤラセ映像？　本物だったらごめんなさいね、医師がゴム手袋をしていないのが気になったけれど。ともあれ母の体温の胎内でうつらうつらしていた胎児が、不意に空気に触れたときの驚き、それは恐怖か歓喜か途方に暮れているのか、せめて何かを握り締めたいだろうことはよく分かる。

父母から分けてもらった肉体と命は、ある日、何故か俳句形式に出会った。その俳句形式は、俳句は面白いよ、俳句は広いよ、俳句は底なしよ、俳句はトモダチを連れてくるよ、と微笑んだ。私は俳句という詩型を拝受した。

面白くて、この何十年かは俳句を読み詠むことで生きてきたような、と言うと気障だけれど、そうだった。戴いた命を意識する日は少ないが、俳句を思わない日、俳句で出会った友人を思わない日は、なかっただろう。

幸せにつけ不幸せにつけ、俳句は私をシャンとさせた。わが幸不幸を他人事のように眺める力を俳句がくれた。

木洩れ日よ、俳句よ、ありがとう。

（「俳句α」二〇一三年六・七月号）

八月

暑い暑いと嘆いて、暑いと言ったら一回百円の罰金、などと言い合う日々。昼顔が日毎儚げな花を咲かせる。殆んどは、誰かが種を蒔いたわけでもなく、何故か其処に芽が出て伸びて、花が咲く。暑い日盛りに、なんであんなに可憐な花を咲かせるのか。暑い盛りの熱い地面から伸びて日を浴びながら、草花はどれもが、ややひんやりとしている。そのひんやりが不思議で、分かっているのに日向の花や葉に触ってみる。浜昼顔などは、裸足では歩けないような熱い砂から生えていて、でもひんやりと咲き満ちているのがいとおしく不思議だ。熱いのは砂浜の表面だけで、その下はしーんと冷えているのだろう。或いはまだ暑い夕方、肉厚の花片を時かけて開きながら、しっとりひんやりしている夕顔の、かすかに黄を含んだ白は切ないほど美しい。

ところで、花を作っている人に申し訳ないが、金盞花《きんせんか》は好きじゃない。子供の時から仏壇にあげる花としか思わなかった。昔、この花や百日草が庭の隅に咲いていた。

みな花もちがよくてやたら強そうで、形がしっとしていて、要するに風情がない。ウチでももっと花らしい花も蒔けばいいのにと親にせがんだ。でも本当にそれは、仏壇の供花用に咲かせていたのだ。その実用性が少女には、つまらなかったわけだ。

その嫌いだったことによって忘れ難い、懐かしい花、金盞花、百日草。

ところで八月には特に思うのだが、父の享年の倍以上を私は生きた。一九四四年八月二十日、私が八歳の時、父は三十四歳で戦病死した。何度も何度も私はこのことを書いた。いくら書いても気が済まないのである。そしてなんたること、これは私の父だけのことではない。どっさりの若い男たちのことだ。彼らは殺された。殺した。そして、こうして書いているとき父たちは生き返る。妄想でもいい、お化けでもいい、錯覚だっていい、と私は目を吊り上げて口惜《くや》しがり涙ぐむ。私に呼ばれて現れる父は、長身で痩身で若い美男子。優しい目で、いい子いい子と私に微笑む。若い男の美しい長い指が、私の白髪の混じる髪を撫でる。

俳句の若い男友だちを見ていると、あぁこの若さで死んだのかとしみじみ可哀相《かわいそう》になる。人は、四、五歳までは濃い記憶を多くは持っていないだろう。そして戦地での暮らしが人の暮らしとは言えないものだとすれば、彼は二十何年かしか生きていなかったことになる。

金盞花亡父は私を思っている

子供だった私は父のほんの少ししか知らない。本当に数えられる幾場面かしか、父が其処に居るという映像化される記憶がない。いや、少しどころか、数枚の写真からの幻想かもしれない父の姿。不思議なことに全く記憶がないのが声である。姿は錯覚にしろ時に其処に立つけれど、声は聞こえたことがない。夢で話したことはあるのに、声が残らないのが不思議である。

父は私を知っていた筈だから、死んでも私を忘れられずにいるに決まっている。それは絶対に間違いのないことで、死んでも死にきれないだろうと思う。彼は私を佳い娘に育て上げるべく手ぐすねひいて、あぁそれから何十年たったというのか。老女になった妻を、準老女の娘を、想像出来ないでしょうねえ、お父さん。

父は娘の行く末が気になって安らかに死んでなぞいられない。繰り返すけれど、この成り行きは私の父だけのことじゃない。こういう父や娘や息子、どれほど居るか。更にはこのことは日本だけのことじゃない。「鬼畜米英」と教えられた米に英に同じことがあったことは考えなくても分かる。

そして不思議なことに今でも、世界の其処彼処《そこかしこ》で同じ現象が新しく現れる。獣はそんなバカなことはしない。必要最低限、子孫を残すためと食うための争いしかしないのではないのか。人間は獣よりも劣る生き物なのだろうか。

八月は、多くの人が昭和を思い夫を思い父を思い弟を恋人を息子を友を思う月である。そして、夫や息子や父を思う残されて久しい人々は老いて、長年の嘆きを抱えたまま死に消える。そのことで死者は、当然のように忘れられてゆくのだろうか。

（「俳句α」二〇一三年八・九月号）

うみのそこ

「夏休み」という文字を見るとたのしくなる。関係なくなって随分経つのに不思議である。夏休みに入るとすぐ八月になる。子供の時には気にも掛けなかったけれどすぐに立秋。でも、いくら暦の上では秋です、と言われても八月は夏だ。

そのうち誰も言い出さなくなるだろうけれど、一九四五年八月十五日は暑かった。あれは初秋とは言えない。あれは夏の出来事。初めて原爆を落とされた日は夏で、二度目の長崎は秋だった、なんて、あれは猛暑の夏の出来事でしたっ、と、つい息が荒くなるけれど、八月に何か書こうとすると、ここを避けては通れない。書いても書いても気が済まないのである。でも、ただでさえ暑くて草臥《くたび》れるのだから、元気を出すために「八月」は忘れて、「夏休み」の方へ気持を切り替えよう。

幼稚園の夏休みの記憶はない。小学校入学の頃の記憶も多くはないが、入学前、父の里での、父と一緒の写真がある。父は坊主頭、出征直前だったたか。家族を親許に頼んで出征する若い男の気持って、どんなものだったろう。結局その後、父は漢口で死んだ。だから私には、父との夏休みの記憶がない。

父の里は新潟の小さな城下町。牛の背の形に似た臥牛山《がぎゅうさん》はお城山と言われて、武家の町と町人の町に分かれていた。父の実家は町人の町で、寺町の寺に父の妹が嫁いでいた。そこが菩提寺。その寺に父の墓が在る。と言っても、お骨はない。船が沈み、お骨は海に沈んだので、白木の箱に父は居なかった。

困った、夏休みの話に辿り着かないではないか。


小学校の夏休みは、午前中は宿題などして、午後は毎日、川で泳いだ。大人が付いていくわけでもなく子供が誘い合って行くのである。今の親には想像も付かないほど危険と言えば危険だ。

上級生が、あの色の濃いところは、静かに見えるけど渦があって、底に引き込まれるから近寄ってはダメとか、初めから泳がずに、浅いところで少しずつ体を濡らしていかないと心臓に悪いとか、準備体操の仕方も、耳に入った水の出し方も教えてくれた。ひらたい石を拾って耳に当てる。そして片足を上げてとんとん軽く飛ぶと、温かい水がたらーっと出た。泳ぎすぎて体が冷えたら、温かい川原に腹這《はらばい》になる。その場所で、平泳ぎや横泳ぎの手足の動かし方を教えてもらった。横泳ぎが得意になった。あれは顔を水につけなくてよいし視界も広く案外スピードもでる。その泳法は要するに「のし」、古式泳法の一つだと、大人になってから知って驚いた。

父の妹がもう一人、近くに嫁いでいて、やはり夫が出征していたので、よく実家に顔を出していた。叔母が来ると、祖母と叔母と母と私はコックリ様をした。紙にアイウエオや数字を書き、隅に鳥居を書く。一本の箸を軽く持ち、「コックリ様コックリ様、お入りください」とか言って、握った箸を鳥居の外側に立てる。目を閉じて祈っていると、箸が小刻みに揺れ始め、かたかたと震え始めて動きだす。

祖母は息子の、叔母と母は夫々《それぞれ》の夫の安否を知りたいのである。「誰々は、元気で居ますか」と尋ねる。まさか本気で信じているわけではないだろうけれど、必死で尋ね箸を握った。箸は少し揺れてかたかたと鳴り、文字の上をさまよう。あ、ハイと言ったとか、分からないらしいとか、ヘンよねぇ、と。何故《なぜ》か箸は動いた。

ある時、コックリ様は「うみのそこ」と答えた。

そして一九四四年の夏、父の死を知った。母は戦争未亡人、就学前の弟と赤ん坊の弟と私は遺児となり、父の里に残された。翌年の夏休みには途中で敗戦を知った。

コックリ様を信じていたわけではなかったが、船が沈んでお骨は本当に海の底に居たのねと、いつまでも皆で不思議がった。各家庭で女たちは、恥ずかしく声を潜めて、実は本気で必死で日ごと夜ごと、コックリ様に夫や息子の安否を尋ねていたのだ。それしか方法がなかったから。

夏休みも終わり二学期が始まり、暦の上だけではない秋になった或る日暮、母に誘われ散歩に出た。散歩なんてしたことないし、散歩する時刻でもない。母は下の弟をおぶって、上の弟と私の手を引いて歩いた。泳ぎには行っても散歩になど行ったことのない川辺をどこまでも歩いた。あぁ死ぬつもりなんだ、と思った。怖くはなかった。随分と遠くまで歩いて、行ったことのない大きな橋を渡り、はるばると帰った。そうか、死ねなかったのね、と思った。ほっとしたわけでもない。

祖母は感づいていたのかどうか、何事もなかったように夕食になった。

死者は嘆かない。私たちは生きているから嘆くことが出来る。親を家族を子供を守ることさえ出来ず、心残して死んだ父たちは、嘆くことも恨むことも出来ない。

前へススメ前へススミテ還ラザル

（日本経済新聞朝刊・二〇一三年八月十一日）

未練など

郵便局、ではなくて、なんでしたっけ、日本郵政株式会社だったか。でもやっぱり、あそこは郵便局でなければならない。切手を買いに行く処《ところ》は日本郵政株式会社でもいいけれど、其処を思うときには、くどいようですが郵便局でなければなりません。

ところで、年賀葉書を纏めて買うとオマケを下さる。平成二十五年用年賀葉書の場合、昔の筒形のポストの形の、根付けと貯金箱だった。両方とも粘土細工の風合いで焼物だろうか優しい手触り。前年は真っ赤なプラスチックでかっちりしたものだった。郵便ポストが、投函の口を二つにする為にか、立方体に変わって随分経った。

貯金箱と言えば、五百円玉貯金をして、その溜まった一年分を海外旅行の際のお小遣いにするという人が、私のごく身近に二人居る。私の身近で二人ということは、世の中にはかなりの数の、五百円玉貯金家が居そうである。そういう貯金箱での貯金を私はしたことがない。だから本当は貯金箱は要らない。でもオマケの赤いポストは可愛くて、つい喜んで頂いてしまった。捨て難く本棚の隅に置いてある。孫に上げたら喜ぶかしらと考えたが、孫たちに丸いポストは懐かしくはない。知らないから、デザイン化された粘土細工のようなそれが何なのか、ピンと来ないかもしれない。

郵便局のデザイン係の人か広告会社の人かが、きっと丸いポストを懐かしむ年代なのだ。このような、情緒を感じる範囲のズレって、ちょっと滑稽でうっすら哀しい。好きだった漫画やテレビ漫画やコマーシャルソングも、年代によってはっきりと異なるので、それらの話題で、同年代かどうかがすぐ知れるらしい。

例えば俳句を作って、遠くの人に思いを伝えたいと願い、見知らぬ人にも届けと願い、時を経ても何かが届いたら嬉しいなどと夢見ることの儚さ。分かってくださいと願う個人の切なる思いが、空中分解して終わる哀れを、丸いポストの貯金箱と根付けは、ちょっと思わせたりもするのだった。

日本郵政株式会社ではダメ、あれは郵便局でしょ、という言いがかりも、他人にとっては全く何の意味もないことなのだということを、私も分かってはいる。

立方体になっても、ポストという存在は嬉しい。そこに投函さえすれば、何処へでも何でも届けてくださる。そこには絶対的な信頼があって、少なくとも日本では何でも必ず宛先に届く。そう言えば、年賀状の束が捨ててあったとか、アルバイトの子の家の押入れから出てきたなんていう不祥事もあったことはあったが、日本での郵便事業への信頼度は変わらず相当なものだ。そういう信頼感って、能天気で、嫌いじゃない。

彼の世も小春日和か郵便局あるか

彼の世とは何処にあるのか。それは在るのか。それは本当は無いのだ。ひょっとして在る？　在ったらどんなに嬉しいか。無いだろうなあ。でも、こういう句を作っているとき、私の中に彼の世は在る。言葉にし文字にすると、それは必ず其処に存在する、と自信を持って私は思うのである。

この句は秩父で作った。歴史を背負って乾ききっている椋《むく》神社の近辺に、銀杏《いちょう》の黄葉が輝いていた。柊《ひいらぎ》の小さな白い花が匂っていた。この句、はじめ「山茶花《さざんか》日和」にしようと考えた。

山茶花はたっぷりと散り敷く花で、私の思い見る彼の世によく似合う。椿のように存在を主張しない静かさが好き。と思いながら最後に「小春日和」に決めた。山茶花や山茶花の散りざまや散り敷いた花びらには、はっきりと姿がある。見たことのない「彼の世」に、はっきりと見えるモノは似合わない。ただぼーっと、ひたすら明るい、そんな彼の世に父や師や友を置きたいと思った。私も程なく行く処なのだから、じーっと想像し真剣に考えた。

其処は何も具象のない世界でありたかった。何もなければ未練もないだろう。死後の世界に何が怖ろしいと言って、未練が一番怖ろしいのではないか。彼の世はひたすら明るいだけがいい。

其処に郵便局が在ってもらいたいと思うのは、こっちの世の人の未練である。未練は嫌だと騒ぐのも、こっちの、世迷言。

（「俳句α」二〇一三年十・十一月号）

言葉があって

いつであったか浅草寺の仲見世がテレビ中継されていて、緑の笊《ざる》を被った張子の犬が見えた。竹冠に犬で「笑」、ということなのだろう。お茶目な職人さんが、何処かでニンマリしていらっしゃった筈。言葉や文字には遊び心がいっぱいだ。

「雨」という字はほんとに雨だ。この天蓋のような天の果からの点々の雨粒が可愛い。小糠《こぬか》雨、俄雨、篠突く雨、漫《そぞ》ろ雨、糸雨、空知らぬ雨。日照り雨、天気雨、通り雨。春雨、氷雨、時雨《しぐれ》。雨ではないのに木の葉時雨、蟬時雨、虫時雨。少し艶っぽく恨み節で言えば、袖の雨、袖時雨、濡れぬ雨。遣らずの雨。そして虎が雨。

黄身時雨という和菓子は祖母の好物で、よくお土産に買った。日本語って素敵。こういう言葉を作る日本人って素敵である。言葉や文字を思っていると飽きない。ところで氷雨が夏のものだと知ったときは驚いた。確かに雹《ひょう》は夏のものだけれど、いかにも寒いではないか氷雨とは。文字も、「ひさめ」という音も。

雨と言わない雨もある。夕立、御降《おさが》り。初めて歳時記を読んだのはいつだったか、「御降り」には痺れた。早く使いたくて使いたくて、で、いつどう詠みこんだかは忘れてしまったけれど張り切って使った。今でも新年の句を作ろうとするとき、必ず思い出す言葉である。ただ、いかにも美しい俳句俳句したものになりやすく、実は成功した覚えがないのが口惜しい。

卯《う》の花腐《はなくた》し近辺に卯の花はなし

「卯の花腐し」という言葉は、昔々田宮虎彦の小説の題名で知った。暗い哀しい言葉に思えた。以来その言葉は何十年も心の底に棲んでいて、その季節がくる度に思い出され通り過ぎていっていた。その言葉を思いながら、しかし雨で卯の花の腐るのを、実感を伴いながら見たことはない。言葉が無ければ単なる長雨、鬱陶しい季節でしかないのである。言葉を作ってくださった先人たちはお洒落である。

それにしても、その言葉を知った頃、その言葉で、こともあろうに私が一句詠むなどということは、これっぽっちも想像しなかった。人生の成り行きは不思議で奥深く面白いものだ。若いころの私は、詩か小説か、ひょっとしたら短歌かを書きたいと思っていたけれど、世の中に俳句という詩形式があることを意識もしていなかった。

俳句を作るようになって「卯の花腐し」という言葉が蘇ってきた。また、「菜種梅雨」「菜種御供《なたねごく》」という春の季語を知った。でも菜種は初夏じゃないのかなあ。晩春？　「菜の花腐し」というなら間違いなく春だけれど、そういう言葉はない。やっぱり「腐し」といって嘆くには白い花片の方が痛ましく哀れだからなのだろう。

ま、それはよいとして、私は雨女である。結婚式は晴の多い十月で、雨だった。「雨降って地固まる」という祝辞に適しているからよいとしよう。旅行に行く日はよく降られるし、気取って出掛けなければならない日もよく降った。私の先生の三橋敏雄は晴れ男で、晴れ男であることが好きだった。雨がやんだ途端に傘を持たずに家を出て、駅に入ったら突如大降りになって、下車駅に着いたらぱっと止んで会場に入ったら降りだした、なんて愉しそうに自慢なさったものだ。私は曇りがちなら傘を持つ。「傘を持って来るから降るんだよ」と、先生は呆れたことを仰ったものだ。実は先生はお酒が好きで、それも人と賑やかに呑むのがお好きだったから、要するに置き忘れるし、持ち歩くのが嫌いだったのだ。

折り畳み傘の出現はとても有難かった。ただ最初の頃は、畳んだものを開くときスムーズではなくて、お猪口《ちょこ》になったり手間が掛かったが、だんだん改善されて、今では三段に畳めて開くときも具合良く、その上に軽く、無くてはならないものになった。

そして気が付くと、私の雨女度は少し薄れていった。それは出掛ける回数が少なくなっているだけのことかもしれない。雨の日の家居は落ち着いてよいものだ。が、近年は降るとなると豪雨。出水や落雷や竜巻まであって、日本、いや地球が危ない。

あぁ神様、人間が、黒い雨や火の雨を降らせませんよう、どうぞお導き下さいませ。

（「俳句α」二〇一四年四・五月号）

揚花火

お乳はいくらでも出た。余所の子の泣く声が聞こえただけで乳は張って、つーんと痛み、時に溢れた。溢れ始めたらもう止まらない。青筋立ってかちかちの乳房は痛くて痛くて。その後の乳を吸われる快感は身も心もとろけそうで、それは創造主からのご褒美に思えた。下の子の離乳のとき、この快感は、これで終わりなのだなあと思い、ちょっとさびしかった。そして終わった。それから半世紀たった。

子供の頃、私はひ弱で痩せて小さくて、その上、物思いに疲れていた。それが、クラブ活動の体操を始めて、そしてほぼ六年後に止めたら肥り始めた。体操の先生に、もう少し肥ると見栄えするなあ、と言われていたのに。そして結婚した頃がころころのピーク。朝起きると両方の掌で頬を包んで、ふくらみ具合を確かめては少し嘆いた。

ところが、子供を産み育てるたびに痩せたのである。よく、子を産むたびに肥ったと聞くけれど、どうしたことか私は痩せた。あと二キロ肥りたい、三キロ肥りたいと思っていた。たいした病気をするわけではなく、ただ細かった。

このところ、肥るのである。一キロ痩せたい。手は頰を包みには行かず御腹に行く。我ながら存在感のある御腹である。私はいくら歩いても平気なタチ、の筈が、このところ感じが違う。

「ねぇ私、いくら歩いても、いくら急いで歩いても平気と思ってたら、なんだかこのごろ足が重く感じるのよ」と娘に嘆いた。娘はあっさりと、「体が重いんでしょ」。

そうだったのか。生きていると思い掛けないことがあるものなのだ。長く生きていれば尚のこと予想の付かないことが起こる。で、こんな句を作った。

花火遠し乳房に授乳後の氷し

揚花火の多くは河で打ち揚げられる。その上流では、水はいかにも流れているという勢いを、姿や音として見せる。川底のでこぼこや水面から上に出ている岩にぶつかりながら、白く波立ったり跳ねたりしながら、音立てて下る。

川はやがて合流し、街なかを通り海に近付く。その辺りでは、流れをあからさまには見せず、時に潮満ちて逆流する。流れの方向が見えないときがある。ましてや夜の川、更には打ち揚げた花火が映っていたりする川面は、ただ水が在る、という様子。

花火師はロマンチックな仕事だと思った。なんたって全てが消えてしまうのが前提なのだから。昔、黒い花火を作ろうとする、闇色の花火を闇に揚げようとする花火師のテレビドラマがあったような覚えがある。真っ黒の紙に黒い花火を描いていた。あぁこれが男のロマンだ、なんて思った。

初めて揚花火を見たのは確か中学生になったときで、それはそれは愉しかった。夜、外で遊ぶ機会など、そうあることではなかったから、それがまた思いを高揚させたわけだ。最後の一番豪華なものを見るまでは遅くなっても帰れない。と言っても今思えば、終わりは九時前だったような。今の子供には宵の口のような時刻である。

それは新潟市の、信濃川の川開きの花火で、それを思うと、今も夜の河が見え花火の匂いが甦《よみがえ》る。

次の句は、いつだったか戯れ気分で作った句。こういう俳句を作るとは、過去の自分は思ったこともなかったことに気付いた。だいたいが、自分が俳句を作る人になるとは思わなかった。俳句に出会ったのは四十歳になる寸前だったから、四十歳以後の日々は、全く想定外の人生の成り行きである。

新潟で暮らして思春期を経て、恋をして、初めてのキスは花火の夜だった。十八歳の私は砂丘の松林で、その花火を見ていた、彼と二人で。

その時、将来そのときのことを私が一句に詠むなんて、これっぽっちも思ってはいない。はー、こういう思い掛けない過去との出会いもあるんだ。

ファーストキッスのあと立てなかった遠花火

夫はこの句をまだ知らない。

遠い花火も佳い。夕食時、鈍い音を聞いて三つ目あたりになると、もう落ち着いてはいられない。慌てて二階へ走りベランダに出ると、急須の蓋くらいの花火がポコッと見えたりする。そっちなら調布、多摩川ね、とか、見えないから豊島園かしらなどと思ってわくわくする頃、間の抜けた音がまた届く。

いろいろなことが過去となり、その大半を私は忘れ、次の、思いの及ばなかったことに出会う。さぁこれからは何が来るのか。大層なものが待っているとは思えないし、そう沢山の人との新しい出会いがあるとも思えない。佳い事だけとは勿論思わないが、絶対に悪いことばかりだとも言えない。と、無理にも思わないと生きてはいけない。

花火は、インターネットで見たところによると、三号玉が三四〇〇円（これがどのくらいの大きさに、どんな形に開くのか。またこの値段が本当なのかも分からないが）、五号玉が一万円、十号玉が六万円となっていた。その値段なら買えなくはない。なんなら十号玉はやめて五号玉を二個にするか。

そう言えば、面白いことが大好きだった正岡子規は、絶対に揚花火が好きだ。死にそうな子規に、この三種類の花火を一個ずつ揚げてあげたら、さぞや喜んだことだろう。


（「うえの」二〇一四年七月号）

見つめ合う

夏はイヤだなあと思っていたら、そろそろ寒くなる？　え？　またすぐ年がゆく？　え？　春が来る？　誕生日が来る？　何故かそんな気分の夜である。

パソコンを開いて、茨城に住む若い友人のツイートを見る（見てます、と断りを入れてある）。この友人のツイートとリツイートをささーっと見ると、彼のことは勿論、世の中の一面が簡単に見えて、面白いし有り難いのである。

そして三・一一以来、今も其処はしょっちゅう揺れていることが、そのツイートで分かる。本当にしょっちゅう揺れている。「揺れ」とか「揺れ長い」とか、縦だとか横だとか、下からどんと突き上げたとか、後になって知る、生々しい地震報である。あの地震の後遺症で、時に雨が漏ったりしていることも分かる。

ところで、私には一回りちょっと年の離れた妹が居る。私が結婚する頃は幼稚園児で、今は夫の彼が遊びに来ると、アリサントアリサントゴッツンコ、なんて歌って踊ってサービスしてくれていた。週刊新潮の昔の表紙、谷内六郎の描く心細げな女の子にそっくりの顔をしていた。

あれは確か横浜の団地に住んでいたときだ。大学生になっていた妹が遊びに来ていて、二人でお喋りに興じていた。揺れたのである、確か震度4。えっと一瞬見つめ合ったあと、ダイニングキッチンの食器棚を押さえた。倒れて一番困るのは食器棚、食器が割れると後が大変だから。大丈夫?と姉・私は妹を心配していた、筈だった。

実は妹を心配する以上に、一人じゃなくてよかったと心底思っていたのだった。テーブルからコップが一個、床に落ちて割れた。揺れが収まった途端に、妹はそのガラスを拾い始めた。気を付けてよ、と言っている間に小さな小さなガラス片が指に刺さった。大丈夫大丈夫、私、膿み性じゃないから、と妹は平気な顔をして、流しで指に水を掛けていた。因みに私は膿み性である。

姉と妹の上下関係は、その時に一変した。それ以来、最も頼り甲斐のある若い友。今は尚のこと、気持は妹夫妻に頼りっきり。私のことも、私の死後のことも、いざとなればどうにかしてくれると思い込んでいる(このことを妹夫妻は知らない)。

このところ、暖かい季節には夫は殆《ほとん》ど椅子のある隣の部屋に居る。私は布一枚を掛けた掘り炬燵《こたつ》に居る。前方にやや大きめのテレビが置いてある。夫の居る部屋には置き場の具合で小さなテレビが置いてある。寒くなると、夫は布団を掛けた掘り炬燵に移ってくる。炬燵の上が狭くなる。

パソコンを据えたところが、夫々の定位置ということで、勝手に自分のパソコンに向かっているから、居場所が近くなったからと言って、賑やかに愉しく喋っているわけでもない。お互いに邪魔になるわけでもない。

照明は、換えよう換えようと言いながら換えない古臭い蛍光灯、30ワットと32ワットの二本の丸い蛍光灯のままで、恥ずかしながら紐が垂れている。

時に小さな地震がある。例の三月には勿論のこと大揺れしたけれど、東京での殆どは震度1か2。だから何を押さえようかと思う前に収まる。ひょっとして揺れたかしら、と思うと、ねえ地震じゃない?と声で言う前に夫を見る。夫も私を見る。そして蛍光灯の紐を見上げる。あ、やっぱり揺れてる、ということで地震を知る。そしてテレビを点けて地震速報を見る。

永き夜の地震のときは見つめ合う

私の所属しているところの、恒例の「初夏の集い」を静岡で行ったことがある。阪神大震災の後だったので関西でなく静岡で開いたのだ。全て終わって、ではまた来年、と幹事さんが挨拶を終えたとき、シャンデリアがしゃらしゃらしゃらと密やかに美しく鳴り始めた。皆が天井を見上げると、ぐらぐらっときた。しゃらしゃらどころではない。みな沈黙のまま動かない。何も言えずに大勢が、見つめ合う目を求めている、そんな感じ。震度4だった。

会場から駅への道でも、また大きく揺れた。電車がなかなか来なかった、が、来た。無事に終わればなんでも懐かしい。

（「俳句α」二〇一四年十・十一月号）

木の葉しぐれ

最寄りの地下鉄駅からJRの駅に向かって真っ直ぐ、けやき通りという道がある。その名のとおり車道の両脇に欅が並んでいる。新緑は勿論だが、すっかり葉を落とした裸木の、しなやかに伸びた枝々が空深くすっきりと伸びているのも美しい。今はその中間。枯葉が日がな、そして夜をこめて散る様の、うっとりするほど美しい季節に近づきつつある。小さなあの葉は何枚あるのだろう。芽吹いて、濃い緑の葉に育ち、日を充分に受けて乾き黄葉するそれは、あるとき一枚が枝を離れる。そして音もなく散りついで積もる。積もった落葉は踏むとさくさくして、なおも散る黄葉は煌めいて。

十一月という季節が私は好きだ。十一月という言葉が好きと言ってもよい。一年の前半ならば六月。六月と十一月は季節の特徴がちょっと消える季節。例えば他の月は、四月と言えば桜、五月なら牡丹や薫風というように、付随する言葉が濃い。

七月になれば暑い。六月はちょっと個性が薄い。そのように、十一月も何かを主張しない。暦の上では冬だろうけれど、そのことを主張しない十一月という言葉。天候や気温によって晩秋と思っても初冬や冬と思ってもよいような、寂《しず》かな月に思われる。

そんな季節に私はたまたま俳句を始めた。そして何年か経って、本気になった。ある年の「俳句研究」十一月号で三橋敏雄という俳人の存在を知った。ぐずぐず考えてほぼ五年後ようやく、師事したいと手紙を書いたのだった。

大正九年以来われ在り雲に鳥　　三橋敏雄

正確に言えば、大正九年十一月八日以来三橋敏雄あり。平成十三年十二月一日、八十一歳を数日生きて逝かれた。生地八王子にお墓がある。敏雄は昭和十年、いわゆる新興俳句運動、新興無季俳句運動の中で俳句に出会った。十五歳だった。私は昭和十一年生まれだから、先生の俳句人生と、ほぼ同年齢ということになる。

かもめ来よ天金の書をひらくたび　　敏雄

少年ありピカソの青のなかに病む　〃

が十七歳の作。その頃、戦火想望俳句と言われた作り方があった。その名の通り戦場を想望して詠むのである。一方で、自分は安全な場所に居て、厳しい戦場を想像で詠むとはけしからんという非難もあった。そのことに対して三橋敏雄は、自分が間もなく往かされる戦地、戦死して帰還できないかもしれない、その場所はどういう処なのか、どういうことが起きて自分たちはどういう経験をしてどう死ぬのかを、必死で想像するのは当たり前ではないかと思ったと、後年よく語っていた。

十七歳の敏雄は、「戦争」という戦火想望俳句五七句を纏め、翌年に発行された同人誌「風」に発表した。その作を山口誓子が「サンデー毎日」誌上で絶賛した。曰く「わたしは主義として無季俳句は作らないが、かりに作るとすればこういう方向のものを作るのではないか」「誰かの変名ではないか」「この作家怖るべし」などなど。

少年は次のように戦場を想望した。

酒を飲み酔ふに至らざる突撃　敏雄
鉄条網これの前後に血流れたり　〃

支那兵が銃を構へて来り泣く　〃

斥候が敵の斥候に会ひ黙せり　〃

早熟の少年が、若き兵の、恐怖と悲しみを詠んだ句を挙げてみた。酒を飲んでも、なお恐怖と興奮で酔えない青年が、時が来て突撃していく姿を想望した一句目。次は、戦いの相手、要するに敵もまた同じ人間であることを、同じ恐怖に震えて泣いていることを想望した。

少年は俳句に本腰を入れた。昭和十四年、西東三鬼の斡旋により「京大俳句」の会員になった。その頃、句会にも特高、特別高等警察が現れるようになっていたが、国に逆らっているつもりはないので誰もが無防備だったそうだ。そして昭和十五年、京大俳句弾圧事件と言われたことが起きた。治安維持法違反ということでの一斉検挙によって、近く仰ぎ見つつ学んでいた先輩俳人たちが検挙され、執筆禁止になり意気消沈している様を直に見た。

新興無季俳句は未だ成果の出ないうちに、俳句世界の反対勢力からではなく国家によって消されたのだった。だから敏雄は、無季俳句の可能性を探り成果を出すことに賭けた。志半ばにして戦争で死んでいった先輩たちの無念、書き盛りに執筆を禁止された先輩たちの無念、そしてこれから成果を出す筈であった新興無季俳句そのものの無念。それらを自分のものとして抱えた。

絶滅のかの狼を連れ歩く　敏雄
昭和衰へ馬の音する夕かな　〃
たましひのまはりの山の蒼さかな　〃

三橋敏雄は無季俳句を数多く完成させながら、無季の句を作ると季語の有り難さが身に沁みると話していた。また、僕はどうも昔から、少数派というところに魅かれ、そっちへ行きたくなる性質だとも。

欅はそろそろ黄落する。木の葉時雨という言葉があるが、日の中に散りしきる欅の小さな葉が、最もその言葉に似合う気がする。黄葉はその軽さによって、光りながらゆっくりと虚空を降りてくる。

先生は木の葉しぐれの光の中　澄子

（「うえの」二〇一四年十一月号）

考える

今はもう、可愛いとも言いがたい厳つい奴、娘の息子が二、三歳の頃、「考えてる」と言ったときは驚いた。そうか、考えているのか。何を考えていたのかは忘れてしまったけれど、あぁこの頭の頭蓋骨の中で、彼の脳が考えているのだなあと思うと、私の脳のどこかがジーンと鳴った。手帳のその日の欄に「拓ちゃん、考えてると言った」と記した。その子の妹が三、四歳の頃、「どうだった?」と聞いたら「微妙」と答えたときも心踊った。そのことも、手帳のその日のところに書きとめた。

四歳の孫娘が居る。孫はこれで全部。その子は一年に何回かしか逢わないから、逢うたびに変化していて面白い。赤ん坊のときは母親の父親にそっくりだったが今はどう見ても女の子。親のスマホだかなんだかを指でさーさーっと操作して、歌や踊りの画面を出し、それに合わせて歌いかつ踊っている。家族は密かに、此処だけの話、この音感と表現力は只者ではない、と言葉には出さずに思い合っている気配。

家に来たときに、〇〇まで行く用事があるんだけど一緒に行く?と誘うと、ウンッ!と一瞬喜んだあとで、真面目な顔で「でも無理かも」と言った。「ママも一緒に行くのでなければ無理かもしれない」ということなのだそうだ。今、「無理」という言葉が、断るときの言い方としてマイブームであるらしい。

子供の言葉に心躍っても、私自身は日常的に言葉に執着しているだろうかと考えると、なんだか心許ない。考えるということは先ず、思いや迷いを体内で言葉にすることなのかもしれない。「微妙」は、アッチかコッチか簡単に返事のできる問題ではないという思いを意識しての言語化である。また、「ウン」から「無理かも」へのちょっとの時間、彼女は自分を眺め、考え、その思いを意識して、言葉にした。

考えると女で大人去年今年

こういう句、今更当たり前のことをと叱られるだろうか。しかし普段、「女」であることも、ましてや「大人」であることなど私は意識してはいない。人はいつも自分が世の中の中心で、自分より上は年寄りで、自分より下は若輩だと思っている。少なくとも、感覚としてはそうだ。だから気が付いたときに慌てる。なーんだ大人ってこんなものだったかと。

ハタと気付く、ということが多ければ多いほど大人になれるのだろう。大人にならずに老人になってしまったらどうしよう。なーんだ人生ってこんなものだったのかと思いたくはないが、この先の自分の思いは分からない。どうも今が、私の臨終であるらしいって、思うことも、そのうちあるのだろう。


谷川俊太郎の『はだか』という詩集は、何度読んでも愛おしく怖ろしい。そこに収められている「おばあちゃん」という詩をこのところ時々思い出すのである。

おばあちゃんは、〈びっくりしたようにおおきくめをあけて／ぼくたちにはみえないものを／いっしょけんめいみようとしている〉。それは、〈こまっているようで〉あったり、〈あわてているようで〉〈たいせつなことに／たったいまきづいた〉ようにも見えるのだ。そしておばあちゃんは、〈びっくりしたままのかおで〉死んだ。

平仮名だけの言葉少ない詩集である。こういう気付きに辿り着く能力をもつということは、幸せなことなのか避けたいことなのか。気付かなければ怖れも畏れもない筈だけれど、出来れば私も気付きたい。真新しい原稿用紙、あるいはパソコンの書式設定された画面に最初の一行を書いて、そこから始まる未知或いは無自覚な世界への旅は、怖ろしくも心弾むものだろう。

書きながら行き着くということは、何処へも辿り着けないという不安と背中合わせだ。一寸見、偉そうには見えない言葉で、ぐうの音も出ないことを書いてしまう人は幸せなのか不幸なのか。

そう言えば、これらの詩には不幸そうな身振りは一切ない。本当のことに気付いて、それを言葉にしているだけ。真実だから悲壮にも大袈裟にもする必要がないのだ。不幸なことでさえ、気付いたという喜びに満ちるのだ。


（「俳句α」二〇一四年一二月・二〇一五年一月号）

二つ並んで

新盆も済んで思い出した。晴れていたので其処はとても明るかった。石屋サンが確か三、四人、墓の蓋を開けて待っていた。あれからあっと言う間に日が過ぎた。よく晴れて寒い日だった。その日の主役、中有《ちゅうう》に漂う母は、その翌日が九十八歳になる誕生日だった。明るい墓の中、父の骨壺が上の段の真ん中で、たっぷりの光を享けていた。私はつい、お久しぶりー、おとうさん、と声に出して言った。

古い、祖父、祖母のお骨は下の段に並べられていたのかよく見えなかったけれど、父のそれは眩しいほどの光の中にあった。育ててくれた父である。父を少し横に動かして、すぐ隣に母のそれが並べ置かれた。

納骨はいつだって、本当の最後に思えるので逃げたいほどに嫌だったけれど、日を浴びながら二つ並んだそれを見ていると、まるで夫婦雛のようで目出度《めでた》い景色としか思えず、お父さん、お待ちどおさまでした、と又も声にした。母は微笑んで、中有から浄土へ辿り着いたと思えた。

私たちが帰るのを待って、石屋さんは厚いコンクリートの蓋を載せ、その周囲を固めただろう。そして父と母は、本当にあの世の人になったことだろう。あの世、とは佳い言葉である。生きている人の為の本当に佳い言葉である。

何年前になるだろうか。私が当時所属していた「未定」という同人誌が主催して、「高屋窓秋に聞く」という場を設けたことがあった。「頭の中で白い夏野となってゐる」という句などで新興俳句の幕を落とした人である。そこで、幾つかの質問に答えられた。確かその折だった気がする。人が死んだら、その後どうなるか、魂はどうなるとお考えですかという問に、氏は事もなげに静かに仰った。「無です」。

そう思っている、私も。自分は死んだら無。魂は生きている肉体の一部であり、肉体が無くなれば、その一部も無くなる。当たり前だ。透明な魂が漂ったりはしない。ところが最も大事な人、居てくださらなければならない人が逝くと、なかなかそうは思えない。魂が本当に私を見ている、とまで感じてしまう始末。なんという手前勝手なんだろう。

無なのよ、無。でも私は見守られているんだってば。じゃー勝手におし、っていうことになる。分かっているんです、無です。天国になんて行きません。たとえ人の世の平和のためにわが身を犠牲にして命を落としたとしても天国はない。無いから行けない。天国が在ったにしても無だから行けない。

でも、あのお墓に二つ並んだ父と母を思うと、二人の魂は間違いなく嬉しくお喋りしているとしか思えない。

こうして、過ぎたことを思い出していると、みんなの魂に囲まれている気分になる。こういう錯覚が出来るから、人は生きていられるのだと思う。


少し前になるが、所属している同人誌「豈」で、早逝した嘗てのリーダー攝津幸彦を偲んで手紙を書く、ということになって、私は「攝津さん、ずるい」のタイトルで書き始めた。

「『天国の攝津さんへの手紙』を書け、と執筆依頼が来ました。私は天国があるとは思っていないのですよ。死とは、魂入りの肉体が無になることだと思っているのです。どうですか、貴方は無ですか？

それとも、イケダサン、アホちゃーうか？と、芥川のお釈迦様のように、蓮の花か葉の間から下界を眺め、相変わらず融通のきかん人やねえ、って煙草に火を付けて、ふわーっと紫煙を漂わせていらっしゃる？　なら言いますけど、私は貴方と一緒に俳句を作っていこうと、本当にそう思っていたのですよ。そして偶には、この句ええなあ、なんて言っていただくことを励みにして、静かにゆったりと書いていくつもりだったのです。なのに、」

そこまで書いたら、突然に酷い虚しさに襲われて後が続かなくなった。原稿を途中で止めたことなど一度もなかった。「諾」と言った原稿を途中で断ったことなど一度もなかったのに、書けなかった。有と無はどこが違うのだろうか。

産声の途方に暮れていたるなり

絶命のときも途方に暮れているのかなあ。

（「俳句α」二〇一五年十・十一月号）

はいっ、やってちょうだい

この一年、買い物などの帰りによく遠回りをした。青梅街道から善福寺川の方向への細道に入ると、街道を避ける車で案外込んでいる狭い通りに出る。「手織座」の看板の手前を曲がり、ほんの少し道なりに行くと、その家はある。家の周りをぐるりと眺め、最後に庭の中を覗く。あぁテレビは点いてないな、などと独りごちながら眺めるのだった。

春には垣根に絡んだ太い茎に緑が甦って、次第に分厚く大きな葉が美しくなる季節を経て、葡萄《ぶどう》がどっさり生る。その実が育って、白い粉を噴き薄緑にぱちぱちに肥り、誰も採らないそれは徐々に薄紫になって、遂には焦げ茶色になり蜜を滴らせそうになって、落ちたり朽ちたりする。

この葡萄、甘いのよね、と先生が仰ってたなあ。写真を撮って、そして誰かにメールでもしたい気分になって、時にはメールしたりして、帰るのだった。

其処は、劇団手織座を主宰していらした宝生あやこのお宅。宝生あやこが地元である杉並区民へのお礼にと、詩の朗読教室を立ち上げて二十数年経つ。私はその七期生で、たっぷりと愉しませていただいたのだった。一回目のお稽古、初めて先生をじかに「見た」とき、先生は七十歳代後半だった。アトリエの二階にある稽古場で新入生が神妙にしていると、厚めの木の引き戸が開いた。少し首を傾げて笑みながら現れた先生。後光がたっていると思った。

その教室を経た人たちの朗読グループが二つあって、毎年、そのアトリエで発表会をした。簡単に言えば、年毎に、その年の発表会に向けてのお稽古に入るのである。先ず、読む詩人を決める。初めは一人一人が気になる詩を選び出して読み合い、徐々に各自、二、三篇に絞る。先ずは暗記。完璧に覚えたつもりが本番でポッと忘れてしまうのが怖かった。正面の椅子に先生がいらして時に立ち上がり、「こうやってみて」などと仰る時の姿に惚れ惚れした。

「宝生あやこ構成・演出」だから、演劇に近い表現でいわゆる朗読とはちょっと違った。大道具さんも照明さんもプロという贅沢なもので、でも演じる方は私と同じ普通の主婦たち。本当に有り難く、たっぷり異次元を愉しませていただいた。

劇作家の八田尚之と結婚し二人で劇団手織座を立ち上げた宝生あやこは、八田尚之が若く急逝したあとを引き継いで、数々の舞台を作った。夫が存命であれば、女優だけの華やかな人生であったろう。

何年前になるだろうか。テレビドラマで、可愛いお洒落なオバーサン役をなさった。そのテレビを観て宝生あやこは、私、テレビドラマはもう出ない、と仰った。醜かった、というのである。女優の在り方は様々だけれど、そして人の価値も様々だけれど、宝生あやこは、そう考え、そう決めた。

しかし吉野せいの「洟をたらした神」が大好きでいらしたし、「楢山節考」の舞台は素晴らしかった。単純な舞台の造りが簡潔ゆえにモダンで、人間の生きることの辛さと健気さを見せた。襤褸《ぼろ》の野良着の衣装の、髪ぼうぼうの、真っ黒けの顔の、歯はあるのに歯が無いように見せる口の、腰を屈めた蟹股の、おりん婆さん。一所懸命生きて素直に死にに行く姿は可愛かった。振り向いてはならないという約束を破って振り返り、「おっかー、雪になるぞー」と叫ぶ息子に、早く帰れ早く帰れ、と手で追い払う姿は、仏様のように晴れ晴れと美しかった。そして舞台一面に紙の雪が降りしきる。

四百回は公演したというその最後の方、何回目かの公演が近付いたときだった。朗読の稽古に行くと手織座の事務所で、先生の姉上が一人、せっせと薄紙を切っていらした。その姉上は妹の才能を愛し応援する大ファンで、貧しい劇団の陰の働き手だった。身内が一所懸命先頭だって応援し働くことが、劇団員にとって居心地がよかったかどうかは分からないが、ともかく身を粉にして応援していらした。

その姉上が仰った。「紙吹雪はね、多ければ多いほど舞台が華やぐのよ。でも、けっこうコレがタカイの」。薄紙を細く切って、それをまた細かく切って袋に詰める。今でもその情景が目に浮かぶ。

先生は娘時代に肺を病み、その後遺症か気管支が弱かった。後年は息を吸うとひゅーと微かな音がした。五年前、血液がひどい酸素不足になって入院し、一時は意識が混濁するまでになられた。

入院中のある朝は発声練習を始めて看護婦さんを驚かせたそうで、またある時は、病室のドアが開いた時、「まあ、今日は沢山のお客様で嬉しいわねえ」と。正面のナースステーションの辺りのざわめきを観客の動きと思われたのだ。意識が薄れても、いえ薄れていれば尚のこと、頭の中は来し方の舞台、これからの舞台のことでいっぱいだったのだろう。

その後、当然、先生は老いた。凛として美しく老いた。私たちは、その後も教えていただきに通った。アトリエに隣接した勝手知ったるお宅である。そして徐々にお稽古を減らして、そのままになった。その後ときどき伺うと、いつもの居間のテレビが点いていなくなり、ついにベッドになった。

去年の晩秋、先生の寝室に伺った。その日は六、七人だったか、ベッドの先生に、「センセ」と誰ともなく声をお掛けした。目を開けて私たちを見付けた途端に起き上がって先生は、「はいっ、やってちょうだい」と仰った。先生の頭の中は、いつだってお稽古や舞台の景が広がっていたのだろう。よくお稽古してからまた参りますと私たちは顔を見合わせた。あらそうなの？　先生は腑に落ちないご様子。

その先生が九月に静かに逝かれた。十二月に九十八歳になられるところだった。

逝くという静かなことば弓張月

臨死体験の話によると、死にそうなときは、光に向かって愉しく気持ちよく嬉しく進んで行くとか。宝生あやこはその時、花道でライトを浴びながら、微笑んでそこを渡りきったに違いない。「あやこさんっ！」と声が掛かっていたかもしれない。

（「うえの」二〇一五年十一月号）

III　わが晩年などと気取りて

あの日は晴

先生は、寒いのは苦手と仰っていた。どちらかと言えば、暑いのは我慢がしやすいのだそうだ。私は寒さは対策ができるけれど、暑さは逃げられないから困る。

小学生の頃から、夏は潑剌《はつらつ》とはいかなかったので生き難かった。そのせいでか、子供ながら劣等感というものを知っていた。潑剌と励んではいない罪悪感、と言ってもよいような気分を、小学生の私は抱えていた。

今も、励まされながら夏を越し、あっという間に秋から冬、そして越年して又あっという間に誕生日を迎えるのである。毎年、規則正しくコレを繰り返しているわけだ。ということで、私は冬は元気です。

先生は当時、八王子に住んでいらして、八王子に電車が着いて降りた瞬間の寒気はちょっとしたもんだと仰っていた。だからといって早く帰宅しようという気配はいつも皆無。人が好きなのである。終電、大丈夫ですか、などと心配されるのは大嫌い。

陸続きだから大丈夫なのだそうだ。永く船の事務長という職業だったから「陸続き」などという言葉が出るのである。船は乗ったらもう次の港に着くまでは降りることが出来ない。何があっても降りることは出来ない。そりゃそうだ。

二〇〇一年十二月一日、苦手な冬の、でもぽかぽかな快晴の日に先生は逝かれた。その後、様々な雑誌で追悼号が出された。その何誌かに、鈴木六林男氏が追悼文を書かれていて、当時その文章が私はなんだか嫌だった。「かけがえのない友人の死を私は深く悼む」とも書いた六林男氏が悪意で仰るはずはないのだが、うっすらと嫌だった。

偲ぶ会のスピーチでも仰った。曰く、「三橋は論争が激しくなったとき、決して言い張らずに退いた」というのである。「それは船での生活が長かったからで、彼はよく、船は途中で降りるわけにはいかないから決定的な喧嘩は出来ないんだと話していた」と話された。習い性となる、ということだ。そうかもしれない。でもなんかそう言われるのは嫌だった。一般的な日常でのことと、志を伴う行為とでは、次元が違うのにと思った。十五年も経つというのに、そういうことは忘れないのだなあと我ながら苦笑する。

実生活の中で言い張って争うことはしなくても、先生はいつだって毅然としていらした。絶対に大勢に媚びず、少数派になることを怖れなかった。怖れなかったというよりも、そのことでご自分を励まし誇りとしていらした。

そして六林男氏も逝かれて久しい。鈴木六林男、佐藤鬼房、三橋敏雄は、三鬼の弟子と言い言われ、いつも同世代の三人として括られていて、仲間でありライバルだった。三人ともが、お互いに褒めたことがないんだよと、苦笑しながら仰ったことがあった。その三人は全く異なる風貌で、全く異なる暮らし向きで、全く異なる俳句を作り、遺した。言葉の使い方もモチーフとの対し方も違った。違うから三人が残った。先生だけ結社の主宰にならなかった。覚悟してそう生きたと私は思っていて、その見事な生き方を倣い時々私は先生の自慢をして威張るのである。

亡くなったあの十二月一日はまさに冬麗だった。この頃、一年を通して、何故かだんだん天気や気温の予想が付かなくなっているが、毎年その日は暖かかったような気がする。

寒い八王子から暖かな小田原に転居して、冬麗の昼間に危篤になられ夕べに逝かれたのは、私たちへのサービス、プレゼントだったたと、自己中心で手前勝手な言い方がしたくなる。こんなふうに手前勝手に思うことが出来るから人は生きていられるのかも。

思い込む、ということは面白い現象である。他の生物は思い込むだろうか。鳥や虫に、生き方の選択はあるのか。地球という一つの星に生きる生き物の一種である人間の、その中の一人である私は、ぐだぐだとそんなことを考える。猫や犬に気持ちがあることは確かだが、彼ら彼女らは生き方を選べない。例えば凍蝶《いてちょう》は寒いが怖いか。境遇を嘆くことがあるか。

初明り地球に人も寝て起きて

地球には様々な誕生と死がいっぱい。

（「俳句α」二〇一五年十二月・二〇一六年一月号）

思ってます

確か高校の入学式の日は冴返《さえかえ》って、少し吹雪いていた、と思う。少しのその雪と制服姿の私が眼裏に現れるのだけれど、それは本当なのか、或いは思い込みなのかがはっきりしない。買ってもらったばかりの黒の革靴はデザインもしっかり覚えている。新潟市の、その高校の紺の制服、中の白いブラウスの襟元には、一センチ強の幅の袋縫いのリボンを結んでいた。一年生は臙脂、二年生は緑、三年生は紺と決まっていて、二年生の緑は紺の制服にはパッとしないように思った。今はどんな制服なのだろう。

ところが寒かった記憶がない。ストーブくらいは使われていたのかどうか、広い講堂は随分と冷えていた筈なのに、少女の脳はそのことを深く受け止めなかったらしい。

春の小雪を思うと、五年前のあの三月の、震災と津波と原発事故をどうしても思い出す。あの数日ほどテレビ映像を見続けたことはなかった。小雪が降っていた。沢山の辛さと驚愕《きょうがく》と呆然、嘆きも恐怖も絶望も小雪の中にあった。寒さだけで耐え難く辛いことなのに。

東京も揺れた。そして大きく揺れた。部屋の窓を開け、玄関の扉を外へ開け放ち、部屋に戻って落ちると危ないものはないかと見回し、見回しただけで何もせず、薬缶と鍋に水を溜め。

静まってから点けたテレビはその時から、家に居る限り点けっ放しになった。大丈夫だろうか仙台の友人、多賀城の、塩竈の、いわきの、土浦のあの人たち。昔々のテレビの、萩本欽一さんの番組を思い出した。気仙沼出身で「ケセンヌマちゃん」と呼ばれていた素人みたいな女の子、確かレギュラーのように出演していたその子、いえ、もう中年の筈のあの人、大丈夫？

あぁそういうことじゃなくて、寄せてくる津波を丘から見ているその地の人々。海へ引いて行く水が攫《さら》っていく船や家や諸々、姿は見えないけれど、その辺りにきっと流されつつある人々。

罹災者《りさい》はその時、私たちが見ているその惨禍の状況を知らない。自分の周囲の状況しか知らなかった筈だ。知っているのは、炬燵《こたつ》に入ってテレビを観ている私達だ。

どうしようどうしようと心が騒いだ。何も手に付かないからといって私が騒いでどうなる。夜を眠れずに心配しておろおろしているそのことは、どこかに伝わることが出来るのか、その心配は何かに関係を持てるのか、ほんの少しでも役に立つことが出来るのか。私の苦痛は、野に満つる数知れない草の一葉が犬にオシッコを掛けられたくらいの、有っても無くても意味も持たない些事《さじ》だ。

テレビ映像の幾場面かは今もはっきり覚えていて、何かのきっかけで甦る。私は俳句を作る人なのだから俳句を以てどうかしなければと、我に返ったのはいつだったか。この思いを一句に出来なくては俳人ではない。

しかし私は書けなかった。どう詠んでもどう書いても作りものだし、複雑な感情や、ことの成り行きの説明は、俳句という詩形式が嫌がった。心を籠《こ》めるとはどういうことなのか。ところで私の心って、なんの為にあるんだったか。

春寒の灯を消す思ってます思ってます

だからなんなの、と自分で思って落ち込んだ。心配は独り相撲でしかないと知ってはいたが本当にそうだった。でも心配は愛だ。前記の下手な句は、恋の句と読まれてもかまわない。恋人への思いと、遠い処《ところ》の誰彼を心配する思いは、脳を科学的に調べたら同じ状態になっているのではないだろうか。

恋とは、あの人が死んだらどうしよう、という思いだ。

写真家のアラーキーこと荒木経惟氏にお会いする機会があった。あの方は心の濃い人だ。写真を撮るということは、対象を悦ばすことだと思っていらっしゃる。対象が人でも花でも。死者でも萎れた花でも。

最初に撮った花は枯れかけた彼岸花。背景を消して、衰え始めている数本の花だけを在らせて、永久の命を与えたのだった。花は枯れ始めてからが美しく、かと言って枯れきったらダメなのだそうだ。でも枯れきった花がそこに在れば、彼はやっぱりその花を悦ばす写真を撮るだろう。

父君が亡くなったときは、病気で衰えた顔を入れずに撮った。死者が喜び、写真を見る自分も覚えていたい姿を残す。それは愛だ。若くして逝かれた愛妻・陽子さんへの濃い思い、純情は、美しい写真を沢山残した。

五年間も行方不明のあの地の方々一人一人が今も何処かで、この世に生まれ生きていた証を、そのように撮ってほしいと待ちわびておられるに違いない。

用が終わったとき、ハグしなきゃ、と彼が微笑して立ち上がった。私も笑って立ち上がった。その様子をスタッフが撮ってくださっていて、後日数枚の写真がパソコンに届いた。うきうきとメールの添付を開いた。え？　よいしょと抱きかかえられて、ポータブルトイレに移されるところみたいではないか。一人の部屋でキョロキョロしながら、私はその数枚の写真の中の二枚を削除した。

そして思い出した。私が、皺もシミもなく全く他人のように撮られていなくちゃ気に入らないと言ったのだったか、「自信持ってよ、折角《せっかく》何十年もかけて作ってきた皺なんだよ、大事にしなよ」と励まされた。自分のこととしてはやっぱり嫌だけど、佳い言葉だ。

（日本経済新聞朝刊・二〇一六年三月六日）

晩年や

外出が苦手なので心身共に運動不足になる。心を揺らすために句集を作ろうと思い立った。句集名は『思ってます』にしよう。私たち人はいつも何か思っているから。

わが晩年などと気取りてあぁ暑し

句集の中にはこんな私らしい句も。外出以外に暑いのも苦手でそれなのに冷房も苦手。梅雨の蒸し暑さに、窓を開けずエアコンもつけずだと一層気が滅入る。仕方なく一句の中で、「あぁ暑し」と嘆くしかないのである。我ながら格好付かない人だなあと思うけれど、それが私。「晩年」という言葉は大体はカッコよく使われるのに。
ひょんなことで、一緒に仕事した仕事人、ディレクターというのか、アイドルにでもなれそうな可愛い美人が、髪を一つに束ねてスッピンで、毎回いろいろと調べ、そ

れをもとに進め方を考えて頑張っていた。勿論、仕事は私の回だけではないのだから
かなり多忙である。その様子が可愛くてすっかり仲良しになった。

と私は思っているが、ずーっと年上のオバサン・スミコサンは、彼女にとっては煩わしくて怖い人だったかもしれない。けれど、そんな様子は見せないところもプロである（と書きながら、何歳違うのだろうと考えてみたら余りの差に眩暈《めまい》が起きそう）。

現場を取り仕切る女性も、事務方を取り仕切る女性もきらきらしていた。そういう責任を持って働く女性の姿を眺めるのはとても気持よいものだった。

一回目の時、先生と言わないでください、とまず私は頼んだ。「えー？　それは無理です」「じゃスミコ様ですかー？」。「イケダサン、いえスミコサンがいい」と私は頼んだ。「そんなの無理ですよ」。こんなふうに始まって、スミコサマとかスミコサンとか、習慣的に使っているから間違えてスミコセンセイとか言われながら、若い女性の働き振りを眺め愉しんだ。

ゲストを谷川俊太郎さんにお願いした時、谷川さんは全く格好を付けない方だから、「じゃ、イケダサンと打ち合わせしておくから」と仰ったそうで、でも、その時には彼女にも勿論来てもらった。谷川さんのお宅の、谷川徹三氏ご夫妻、即ちご両親の微笑んでいらっしゃる大きな写真が飾られている部屋で、いろいろなものを見せて

いただきながらお話をした。谷川さんは私より年上なのに、ひょいっと立ち上がり、すいーっと走るように動き、よく整頓されているらしく本やコピーをサッと持ってきてくださるのだった。私たち二人は、でんと腰掛けたままその姿を目で追っていた。「じゃ、当日は何時に入ればいいの?」と谷川さん。「そうですね、ヘアメークなどがありますから○○時頃いらしていただけますか」。谷川さんが黙っていらっしゃる。そして、「ねえ、なんだか僕、苛められているみたいな気分なんだけど……」。のんびり傍に居た私、えっ?

谷川さんは、ヘアメークの必要はないらしいのであった。そんな具合に私たちは毎回、何か慌てても後の祭り。爆笑で打ち合わせを終えた。そして、ある時は年齢を忘れ、ある時は一層年齢の差を意識した。そんなこともあって尚のこと、私の未来は長くはないのだから関わりの一つ一つを大切にしなければならないなあと再認識した。

「晩年や」という俳句をカッコよく作っている暇はなさそうだ。「青春や」と詠んだことはないし、「中年や」とも詠んだことはなかったような気がする。ならば、「晩年や」と詠む必要もないさ。

去年、友人がツイッターで、何歳までが若手か、みたいなことを呟いていたので、

「八十歳代も若手に入れてね」と書き込んだ。私は自分から発信することはないが、その人のツイッターを見て喜んだり心配したりしながら、その上に、世の中の流れがなんとなく分かって面白いのである。

その友人から、「若手として頑張ってください」と年賀状が届いて私の今年は始まったのだった。え？　あれからもう半年？

（「俳句α」二〇一六年六・七月号）

夏になると

お母さんは一日中歯磨きしてるのよね、と娘が笑う。私は、神経は敏感でも繊細でもないが肉体が繊細。その過敏症でかなり不都合な暮らしをしてきた。

昨夜、とても眠くなったので慌ててお風呂に入った。お風呂で眠るのは危ないと言われているが、湯舟の縁に頭を載せて目を瞑って寝そべると、ほんとに気持よい（いえいえ、気を付けねば）。昨夜も湯舟の中であっと思い、あっ眠ったなと気付き、またはっとして、また眠ったのねぇと自分に呆れたりした。そのゆっくりの入浴のお陰ですっかり気持よく目が覚めて、温まりすぎの体が冷めるまで、途中になっている原稿を見直したりして、その後、ついに眠くなって床に入った。

そして今朝、顔を洗うときなんだか顔が火照っていて、うっすらと痒い。鏡を覗くと、赤い。昨夜の温まりすぎの結果のようである。子供のときからそういうことが多かった。毛虫の傍を通っても、私だけが、どこかが真っ赤に腫れていつまでも大騒ぎしていた。大和芋を擂《す》っているのを傍で見ていて腕が赤く痒くなったこともある。散歩にはマスクが欠かせない。

という具合に体が敏感。だから入れ歯や差し歯が怖いのである。口の中が常に気になりそうで心配なのだ。それで歯をよく磨くってわけ。

朝食を終えてその後始末をして洗濯機を回し、さてと歯ブラシを咥えて、新聞を読んだりする。丁度その頃に娘が出掛ける。そして一日が過ぎて夕食が終わって、また坐り込んでじっくりと歯を磨いていると娘が帰ってくるので、朝からずーっと歯磨いてたのね、ということになる。一日というトンネルの入口と出口が、娘の目に入るってわけだ。そのせいか歯はかなり丈夫で、「八十歳で二十本」の合い言葉は怖くない。でも手入れだけの結果なのだろうか。

体の弱そうだった母が、何故か私に丈夫な歯の質を呉れたらしい。では父はどういう体質だったのか。健康診断の時によく、身内に癌で亡くなった人が居たかどうかという設問がある。父の父は胃癌で亡くなった。母の父は肝硬変で亡くなったが、実は肝臓癌の結果だったのではないかとも思う。祖母は二人ともほぼ天寿を全うし、若いとき肺浸潤を患ったとかで、お姫様みたいに大事にされていた母は、亡くなる二年前まで一人住まいが出来ていて、一昨年、九十八歳になる直前に、大丈夫よ、と言って数十分後に亡くなった。

父は三十四歳で死んだ。戦病死である。軍医だったので戦場には出ていなかったらしいが、腸チフスが蔓延し、その感染で死んだのだそうだ。医者が患者の菌を貰うとは随分と不名誉なことである。無かったのでしょう、充分な消毒薬が。父は自身の病気の進み具合がどんなに怖かったか。一九四四年八月二十日、漢口陸軍病院で死んだ。チフスは何時ごろから流行りだし、父はいつ感染したのか。一九四四年七月は、若い軍医・父が、悪戦苦闘していた月だったのではないかという思いが毎年よぎる。

健康診断の度に思うのである。父はどういう体質だったのだろう。どういう病気で死ぬべきだったのだろうか、と。

戦争が廊下の奥に立つてゐた　白泉
戦争はうるさし煙し叫びたし　〃
玉音を理解せし者前に出よ　〃

と書いた渡邊白泉に、

被曝にも赤痢にも莞爾我等兵

という句もある。勿論、白泉ら兵は莞爾などしていない。この「莞爾」は「理解せし者前に出よ」と同じ、強烈な悲しい皮肉だ。父は莞爾などしていない。帰ってくる、と言って往ったと母が話していたから、父は、喚きたいほど口惜しく悲しく、妻子の今後を心配して焦りながら、死を引き寄せる嘔吐や下痢に苦しんでいたのだろう。

父は強い近眼だったので、私には眼鏡を掛けていない父の顔の覚えがない。父は寝込んで眼鏡を掛けず何日暮らしたのか。睡眠時以外に眼鏡を掛けていないということは、父には想定外の許し難い自分の姿である。最後は意識なく死んだらしいので、口惜しさ怖ろしさから離れて死ねて本当によかった。

高濱虚子は敗戦直後に、戦争が俳句に及ぼした影響はと問われ、「俳句に限ってちっとも変化はない」と記者たちに答えた。これは結局、戦争に協力はしなかったという言葉だ。そして八十五歳で脳溢血ののち亡くなった。丁度《ちょうど》召集される年齢だった男たちは、そのように生きることはできなかった。

父は、長生きをして脳溢血や心筋梗塞を起こす機会もなく、癌になる暇もなく死んだのだ。だから、私に癌体質があるのかどうかは分からない。歯の丈夫さも肌の過敏も、母だけから貰った体質なのか、父からも伝わったものなのかは、分からない。母も居なくなり、私が言い募らないと、父はこの世に居なかったことになる。だから声高に言う。「父は素敵な男でした。勿体《もったい》ない死でした」と。

佳い人ほど早く死ぬんですなんて素麺

七月は毎年来て、その次は八月。磨きすぎて知覚過敏ぎみの歯に、時に冷たいものが沁み、日に当たったり汗をかいた翌日には肌が赤く腫れて痒くて、その度に自己嫌悪になるから、夏は困る。

（「うえの」二〇一六年七月号）

明石焼き

明石の明石焼きが食べたいと私は言った。ほな美味しいとこ知ってるよって、そこで食べよ、それからバスで淡路島に行こ、と恵子さんは言った。海の見える高台の素敵なマンションから坂を下って、電車で確か明石へ行った。ところが二人ともまだお腹がすかない。折も折、直《す》ぐに発車のバスがあった。それでそのままバスに乗って明石海峡大橋を渡った。淡路島の原っぱの端っこに二人で腰を下ろして一時間ほど、海原や対岸の街を眺めた。快晴で海はぴかぴか、神戸の街も渡ってきたばかりの大橋も、乾ききって白々と光って在った。

明石から淡路島まで日陰なし

この能天気な一句、案外私は気に入っている。のんびり眺めた、あの日陰のない海原と橋が見えてくるのだ。

またバスに乗って明石へ戻った。そしてまた電車で、彼女の家の最寄り駅へ戻った。その途中、あれが明石の天文科学館の塔時計よと教えてもらった。日本標準時、子午線を示すというあれである。一九九五年一月十七日五時四十六分で止まってしまったという時計。まだ修理される前だったような気がするが、愉しくて舞い上がっていたので定かではない。

その一月十七日、阪神淡路大震災のあった日、彼女は東京の私の家に居た。あの日の夜は、ほんの少し雪がちらついていた。騒いでもどうにもならないので、前もって約束してあったとある酒場で、俳人の何人かと呑んでいた。

彼女は直ぐにでも帰りたかっただろうけれど、当然、新幹線は動いていない。神戸の家への電話もなかなか通じない。確か、普通の電話よりも公衆電話が繋がり易いとかで、時々外へ出ては電話していた。まだ携帯電話は使っていなかった。仕方ないとは言え、家の状況も夫君のことも気掛かりでどんなに心配だったか。今にして思うと確かまだ四十一歳だった彼女は、大騒ぎせず落ち着いていた。

翌日はテレビの中継を見続けた。高架の車道が、玩具の線路のように倒れていた。あっ彼の出勤コースやわ、出勤時間やったら絶対に巻き込まれてた、あっ、あそこはいつも通る道よ、あの店知ってる、よく行く店やわ、などと言いながら一方で、船やバスや各駅停車の電車での帰り方を探して一日を過ごした。

行けるところまで行って、あとはなんとか車で迎えに来てもらうからと、翌日、まだ暗い早朝の蛍光灯の下そそくさと朝食を済ませ、朝一番の地下鉄で東京駅へ向かった。不安を外に出さず普通にしていたけれど、随分緊張していた筈。お洒落な人なので高いヒールの靴を履いていたから、必要ないと分かったら捨ててねと、歩かなければならないときのために私の履き古しの靴と、綿の厚めのソックスを持たせた。あれから二十年経ったのだ。

本当に俳句の好きな人。俳句を作ることで何かを得たいのではなく、ひたすら俳句を作っていたい人。ファンは多いが先生とは言われない。自分で言うのは変だけれど私もそちらのタイプで、一日中、家で詠んだり書いたりしていたらご機嫌で、それ以外は風任せだ。だから彼女の気持と生き方が分かる。彼女は、俳句を作り、句集に纏めること、それ以外に思いを至らせる能力を持ち合わせていない。自分の作品に納得したいという、その純粋さは徹底していて、誰も、流石《さすが》？の私も敵《かな》いそうにない。

その恵子さんが、今年の春先に急逝したのである。六十二歳になった直後。夫君は誕生祝のブラウスを着せてあげたとか。

本当の根性を持った俳人は俳句形式のために、俳句の未来のために、生きて詠み続けなければならなかったのだ。もっと俳句を作らせてあげたかった。半年経っても私は口惜しくて諦めが付かない。

水仙やしーんとじんるいを悼み　恵子

昔ふざけて、澄子さんが死んだら「すーすー忌」にしようと彼女は言った。「十六夜の月待ちの膝のすーすー　澄子」があるからだ。二十歳近くも年下の人のためには、忌日名など冗談にも考えなかった。二月に逝った永末恵子、「水仙忌」がいいか。

私はまだ明石焼きを食べたことがない。

（「俳句α」二〇一六年八・九月号）

遊び

初めてドッジボールをしたのは小学校五年生のときだった。上手な子が居た。戦後初めて出来た、学年に一組ある男女組だったので、男女が混じってやっていた。上手な子は素敵だった。石を投げるように手を振り上げて投げ下ろすのではなく、横に抱えたボールを体の横から水平に投げてくる姿は、惚れ惚れするほどカッコよかった。格好はよいけれど、あれは怖い。身軽だったから一所懸命に逃げて、痛くなさそうな球を選んで受けて外へ出たりした。

ある日、胸でしっかりと受け止めて、そのまま気絶した男の子が居た。あれは誰だったか。間もなく意識が戻って何事もなかったように起き上がり、昔だから騒ぎにもならなかったが、人が気を失うのを見たのは初めてで、死ぬのかと思った。

気絶する場に居合わせたことがもう一度ある。部活で体操をしていた中学生の時だった。一人が平均台で足を踏み外したのだ。普通は其処《そこ》から落ちるだけなのに、その人は平均台の上へ先ず落ちて胸を強打した。気を失った体は尿を流し鼻水を流したので驚いた。顧問の先生は、鳩尾《みぞおち》を打ったな、と落ち着いていらして何をどうなさったか覚えがないが、そのうちその人はふっと気が付いて、集まって見下ろしている私たちを見上げて恥ずかしそうに笑顔を見せた。

場所も時も異なるこの二度の気絶の出来事はその場だけのことで、危ないからと問題になった様子もなく、危ないからどうするかという話もなかった、ように思う。単なる学校での出来事の一つであった。

球技が私はほとほと苦手だった。バレーボールは受けると指先が痛そうだし、サーブも親指の付け根あたりの血管が破れて痛そうだし、どうして皆はボールが怖くないのか不思議でならなかった。だから、確か高校の体育の授業での試験で、サーブさせられた一回以外は、まるで経験がない。今でもサッカーのヘッディングというのか、あれは痛そうだし首の骨が折れそうだし、信じ難いテレビの中の世界である。

今、ドッジボールは危ないから、小学校では全員にやらせないようにという意見が多いらしい。成程。ところで、もしあの時、危ないからと禁止になっていたとしたら、苦手な私はほっとしたのだろうか。怖い怖いと逃げていることも亦、楽しかったのだ。誰も標的にしてくれない時は、それはそれでちょっと淋しいのだった。

このところ騎馬戦も組体操も、危険だからと問題になっているらしい。それじゃひ弱になるばかりだなあと私は嘆いた。ところがテレビの映像を観て驚いた。それ程まではやらなくても。組体操は一般的には三段位で充分でしょうよ、と思う。外野は煩《うるさ》いのである。学校は時代に直接関係しているから、先生という職業はご苦労が多いことだろう。

ところで絶対に安全な中だけで生きるって嬉しいだろうか。命は一回しかないので、何かあってから後戻りは出来ないのだから、そこのところが難しいけれど、最低限、命に関係ないなら危険は素敵だ。

私の俳句の師・三橋敏雄の句集『まぼろしの鱶《ふか》』の後記に、「俳句は遊びであるか。然り、志して至り難き遊び」という言葉がある。遊びだからキリがないのである。俳句を、何かの手段にはせず遊び尽くすことは、実は簡単なことではない。

霧遊びせん渡れよと丸木橋

落ちるかもしれない。渡ってしまったら帰れなくなるかもしれない。遊びつくすことの怖さと快楽。丸木橋が早く早くとそそのかす。渡らないことには見知らぬ快楽は得られない。渡ろうか。戻ろうか。

俳句にも安全な作り方がある。私の俳句の殆どは、残念ながらそれだろう。それは読者にも反感を持たせずに済むし失敗が少ない。でも俳句は仕事ではないのだから、だからこそ誰にでもは出来ない、失敗するかもしれない、危険な絶壁の端に立ってこそ見えるものを、見て、書いてみたい。

遊びには限界がない。程よい処《ところ》で手を打つ必要がない。我が心臓をパクパクさせるかもしれない、気絶して失禁するかもしれない、あぁそんな俳句を作ってみたい。失敗したところで死にはしない。

（「俳句α」二〇一六年十・十一月号）

冬麗

三橋敏雄に師事しようと決めたのは、先生を見たことがなかったからだと思う。その頃、私は自分の所属している小さな集まりと、その周辺のせいぜい数十人しか俳人を見たことが無かった。だから作品によって師を選ぶなんてことが出来たのだろう。本の中に棲む人だから、師に選ぶ、などということが出来たのだ。

教えていただきたいという私の手紙に、では五十句持ってきなさいとお返事をいただいて、初めて生身の姿を「見た」のは八王子駅。お宅が八王子駅に近いので、迎えにきてくださったのだった。確かベージュのカーディガンをお召しで、少し猫背でがっしりとした初老の男性、という印象だった。なにしろ緊張しすぎていて話も上の空。先生の姿や服装やお部屋の様子は今でもはっきり目に浮かぶのに、その日、私は何を着ていたか全く記憶が無い。五十句を見ていただきながら気もそぞろの私は、先生にはどう見えていたのだろう、と思うと、懐かしく恥ずかしく、泣きそう。

今思えばそれは昭和五十七年、敏雄は初老と言っては失礼な六十二歳。私、四十六歳だったようだ。なんという懐かしさ。あっと言う間に私は、その時の先生の年齢を超えた。先生は八十一歳になられて一ヶ月も経たない十二月一日に亡くなられた。ふと気が付くと、その先生の享年に私は日々近付いている。先生はあんなに頼り甲斐のある大人だったのに私は、とつくづく思う。

先生はとても神経が鋭くて、ぼんやりしている時がないようだった。だから？　傘を持ち歩かなかった。晴れ男を自認して、そのことが気に入っていらしたこともあるが、傘を置き忘れるのだ。他のことに意識が行っているから忘れるのだと思う。折畳み傘なら、などと余計なことを言われるのは大嫌い。似合わないビニール傘をショルダーバッグに括りつける始末。そういうことに神経を使うのが嫌だったのだろう。

話が逸れるが、私は五十歳の頃まで長い髪だった。あるとき誰かが先生に、女性の髪は長いのと短いのとどちらが好きですか、なんて質問した。「無いものねだりで（先生は髪が豊かではなかった）長い髪もいいよね」、「じゃイケダさんみたいな？」、「ぎりぎりのトシだな」。はー、そう思っていらしたのか、と驚いた。思い返してみると、小学生後半から私は殆ど同じ髪型だった。気が変わらないのである。きっかけがなくては髪型は変えられない。一九八八年に第一句集を上梓した時、私はばっさり髪を切った。五十二歳だった。先生に「高校の体育の先生みたいだね」と笑われた。

また余計なことながら、何故か私は赤が好きで小物は殆どが赤。黒い服には赤い何かを加える。ウールの赤いワンピースは黒のスカーフで押さえた。ある日、くすんだ赤のセーターを着た。「その色はいい。この間のはちょっと赤すぎ」。びっくりした。いつか注意してあげようと思っていらしたのか、傷付かないように注意したい、と思っていらしたのかもしれない。それは俳句や文章への注意の折も同じだった。

「出来てはいるが常識内のこと、オスミちゃんが作らなくてもいい」、「類想句があるから残念。こっちの方がいいけどね（捨てるのだから比べる必要もないのに）」、「こういう句は誰にも作れない。よいかどうかは次の問題。でも僕の句ならもうちょっと考える」という具合で、内容は厳しいが優しいのだ。優しくバッサリ。

先生の逝かれた二〇〇一年十二月一日は快晴だった。その後、私は気もそぞろに越年をし、春にはおろおろと加齢し、以後、そのことを繰り返してきた。

俳句を作る度に、先生ならどう仰るのだろうかと思い続けてきた。一句を書き付けて眺めていると、先生の赤線が見えてくる。ここをなんとかしたい、一考せよ、という赤線である。上五次第、下五次第、季語次第、という赤字もあった。

春寒の夜更け亡師と目が合いぬ

書く時はいつも、怖い先生の視線を感じる。先生の享年に近付きながら、先生ならどう仰るか、先生に恥ずかしくないか、と考える。先生はこの世にいらしてもあの世にいらしても同じに怖く、恋しい。

（「俳句α」二〇一六年十二月・二〇一七年一月号）

春浅く

毎年、二月は寒い。三月も寒い。春は名のみの寒さである。春と思うから尚《なお》のこと寒さが気になる。

あの三月十日の東京大空襲に私はあっていないが、寒さの中を、衣服に火が付かないように頭から水を被りながら逃げたそうだ。そしてあの東日本大震災と津波と原発事故のとき、テレビ画面では小雪がちらちらしていた。本当は佳い季節の始まりの三月は、多くの人々を辛い人生に誘い込んだ。

昔話だけれど、父が出征して私は父の里に移った。「一年を終えると、あたかも冬こそすべてであったように思われる」と、宮本輝が『螢川』に書いた日本海側。冬に青空を見る日はあっただろうか。まさか毎日が曇っていたはずはないけれど、印象として毎日が曇っていた。母は冬じゅうの曇天に驚いたらしい。毎日曇っているその地で、夫の安否を案じている若い妻の心細さは如何許りであったか。

その中で私は育った。雪は、その記憶によって重い。私の思春期は雪国にあった。娘の思春期が雪国での日々になろうとは、父は思ってもいなかっただろう。

その私、東京の人に恋をした。ある寒い季節、上京してその人と駅で待ち合わせた。待ち合わせという行為は、逢う人が現れるのを待つ愉しい時間で、その半面、ひょっとして来なかったらどうしよう、という不安もいっぱい。傍に、同じように人待ち顔の人が沢山居た。恋人はブンヤだったから、急の用事が入ったりする。携帯電話などないのだから、来ないときは幾ら待っても来ないのである。

人たちよ駅に寒しと相知らず

駅は、待ち合わせしている人々をも含め、夫々《それぞれ》の見知らぬ人で混み合う場所。その夕べ、待っている人たちに次々と待ち人が現れて、いそいそと居なくなる。羨ましいが素知らぬ顔をして立っている。不安ではありませんよ、って顔ではらはらしながら待っている。読んでいる本も実はまったく頭には入らない。帰ろうかなあ。確か有楽町の駅だった。「有楽町で逢いましょう」という歌が流行っていた。

何処《どこ》かに行きませんか、僕も待ち人来たらずです、行きましょう、とその人は言った。いえ、私、早く着いてしまって、まだ約束の時間になっていないのですと断った。そうか今思えば、ナンパじゃないか。そんなこと知らなかった。そしてまた待って、漸く待ち人が現れた。まったくもう。

ついでながらその頃、一人で映画を観に行った。なんの映画だったか満員で立ち見だった。動けないぎゅうぎゅう詰め。後ろの人がぴったりくっついている。どうも女性ではないみたいだった。少し前へ動きたいのだが動けない。横にも動けないけれど無理に動くと、ぴったりくっついてくる。偶然のこととはいえ気持ち悪くて、思い切って必死で横に逃げて、仕方ないので映画を観ることも諦め廊下へ出た。

痴漢だったのかもしれない。そういう存在を知らなかったので、「何方《どなた》の手ですか？」と持ち上げるなんて思いもよらない。ただ、混みすぎとはいえくっつき方が気持ち悪い、と思って逃げたのだ。最近ハッと気付いて成程ーっと可笑しくなった。

ところで父が死ななかったら、私の人生は間違いなく今とは違った。おそらく俳句には辿り着かなかっただろう。戦争には似合わない父は、どんなに口惜《くや》しく死んでいったか。そういう父たち、母たち未亡人、私たち遺児たちの人生を思うと、気が遠くなる。三月十日の東京大空襲、敗戦の前日までの空襲で死んでいったどっさりの人々。辛うじて運よく戦場を生き延びて、帰るべき地へ命からがら帰還した多くの兵士たちに、家族も家も無くなっていた日本。

美輪明宏さんが、「戦争」って言うからいけない、「大量殺人」って言えばいいのだと語っていらしたということを何かで見て、本当にそうだと思った。戦争は「愛国心」という錯覚の力によって、普通の人間に殺人を可能にさせたが、「大量殺人」に協力しようとする普通の人間は居ない。

誰もが何かを背負って生きている。三月は、いろいろなものを背負わせた月。春は名のみの日々。

（「俳句α」二〇一七年二・三月号）

思っている

蛍を思うとわくわくする。どきどきすると言ったほうが合っているだろうか。蛍には、毎年逢えるわけではないし、見に行かなければ気が済まないというわけでもない。今頃、蛍がぴかぴかしているなあ、と思っていると、どことなく落ち着かなくて、そのざわざわ気分が嬉しい。

昔々、忘却の彼方と言いたいほどの昔、所謂、遠距離恋愛中。各家に電話はないし、当然ながら携帯電話もパソコンもないから、手紙の行き来しかない時代。と、こんなことを書いていると、自分が既に過去の世の人物のような気分になってくるけれど、そういう時代、が、ありました。

何を言いたいのかというと、年に何回か彼と逢うとき、嬉しいのだけれど、愉しいとはなかなか思えないのでした。いつもは思っているだけの人、逢いたい逢いたいと思っている状態が、その日突然に変わって、目の前にその人が居るという状況になって、緊張しているから草臥《くたび》れるのである。気持ちが馴染んで愉しくなった頃に、また別れる、という可笑しな恋愛状況。

そういう青春だったから、私は実際その場に居るよりも、思っている状況にしっくりする人間になってしまったようである。だから今でも人に逢うとき、二人で逢うより三人で逢うのが好きである。私は話が下手だしチャーミングでもないから、相手が退屈だろうとつい思ってしまうからだ。三人ならばそんなことを考えなくてよいので、私は三倍くらい賑やかに愉しむことが出来る。すると逢っている相手も愉しんでいるだろう、と思えて一層嬉しくなって、又逢いましょうねということになる。そんな具合だから逆に、今はもう此の世に居ない人とも睦むことが出来る。

父や叔父は戦争という最も彼らに似合わないことで若く逝ったが、四人の祖父母に始まって、私よりも年上だった縁者は、ほぼ寿命を全うしている。目出度くもまあまあ長寿の範疇に入る家系のようである。

ところで、尊敬していた年上の誰彼、既に逝ったその人の、その享年を超えるのはとても変な気分である。このところ最もその気持ちが強かったのは今年の四月中旬。私の誕生日が過ぎ、そのほぼ三週間後に、俳句の師であった三橋敏雄の享年を超えた。亡くなったときのあの呆然。その後に付いて行けばよいと思って疑わなかったその先生が、私に何の相談もなく突然、加齢をやめてしまったのだ。想定外の私の人生が始まってしまったわけである。

同人誌での友人・攝津幸彦は、五十歳になる少し前に死んだ。その前々日かに電話で長話をした。入院すると言うので、元気になりに行くものと信じて疑わなかったら、数日後に無断で死んでしまった。

蛍との場合は初めから、永遠からは遠いと思うともなく思っているから心乱れないで済むけれど、何回経験しても死別はいちいち新しい。子供が初めて出会う、お祭りで買ったヒヨコや金魚との別れは、その練習のようなものだ。孫娘は、初めて買ったお祭りの金魚が何日も経たずに死んだとき泣き崩れたとか。カブトムシが死んだときも泣きながら親と一緒にお墓を作った。

その子、去年の夏休みに沖縄のどこやらの海岸で綺麗な珊瑚や貝殻をどっさり拾ってきた。その中に混じっていた小さな巻貝が、水を入れたら急に動き始めたらしい。慌てて、水道水を海水に近くする何やらを買ってきて入れ、マキチャンと名付けた。半年くらい生きていたマキチャンが死んだときは、当然のように庭にお墓を作ったとか。こうして、生きているモノはいつか死ぬことを彼女は知った。私が死んだときも、彼女はその意味を直ぐに理解するだろう。

未来に死があるから、死による別れ、永遠の別れがあるから、人は愛することを知る。でもやっぱり、亡き人は此処《ここ》には居ないのだもの、心の中に居るだけでは嫌である。死に出会うことで、愛がなんなのかを知らなくたっていい。思いやりの深い人間になんてなれなくてもいい。

言うまでもないことだけれど、死なれるのはほとほと嫌である。自分が死ぬほうがよっぽどいい、が今、私、普通に元気である。

夏掛や逢いたいお化けは来てくれず

（「俳句α」二〇一七年六・七月号）

秋の素足

一応、貰ってあるにはあるが、その催眠剤、出来ることなら飲みたくない。でもうっかり、眠れないと思ってしまうと本当に寝つけなくなる。子供の頃から悩みの種だった。それを意識したのは小学校に入った頃。学校に遅れるわけにいかないというプレッシャーからだったのだろうか。幼稚園も同じだろうけれど、全く記憶にない。

主治医は、一錠なら毎晩飲んでもかまいませんと仰るけれど、癖になりそうでなんだか怖い。製薬会社への誹謗中傷になりそうだが、私の鈍い脳が一層鈍くなりそうで不安なのである。

その錠剤、真ん中に溝が付けてある。その溝が、半錠飲んでも効きますよと囁《ささや》く。だから、その線に果物ナイフを直角に当ててパチンと割って飲んだ。効いた。では三分の一ではどうか、四分の一ならどうだろうかと、半錠を二等分して飲んでみたらちゃんと効いた。ただ、半錠を二等分するときには、パチンとどこかへ飛んでしまうので、手で囲って気を付ける。すぐ眠れるということは素晴らしい。あれは良い気持。極楽極楽ってこういう状況だな、なんて思いながら私が消えてゆく。

去年、松山での俳句甲子園で、同じ薬を飲んでいるという俳人とご一緒した。普段は四分の一錠飲むと言ったら、仰け反って笑われた。後日お会いしたら、四分の一ね四分の一、って思い出し笑いなさる。余程可笑しかったらしい。でも本当に効くのですよ。飲んだことで安心して暗示にかかるのか、本当に薬が効くのか、本人には分からないが多分、両方なのだろう。この飲み方は、飲んでからでも起きていることが出来る。布団に横にならなければ眠らずにいられるので便利である。

とは言え旅先で、殊に明朝が早いときには、興奮度と緊張度が高いので、念の為に普段よりも多めにする。二分の一にするか三分の一にするか真面目に悩みながら、自分でも可笑しくなる。

というような様々な夜を経て朝は、徐々に目覚めながら夢と現実が混じり合うことで始まる。昔は夢の中で俳句を作ったり推敲したりしたが、そう言えばこの頃そういう夢を見ない。何故だろう。俳句への情熱、気力が薄れたのだろうか。夢で人の句を一所懸命直してあげたこともあったのに。

今朝は、うすうす目覚めながら考えた。何句か書きつけてある紙を無くさないうちに、本気で推敲してパソコンに入れてしまおう。それからあの選句を終わらせよう、そして考えることに疲れたら、薬缶をピカピカにして気分転換しよう、などと考えたり、うとうとしたりしたあと、エイッと掛布団を捲ったのだった。

涼しいよい季節、と思った途端にくしゃみが出た。くしゃみ三回ナントカというCMを思い出す。コピーは極端に単純なのと、ムードとして分かった気分にさせるものとがあって、どちらが良いとは言えない。俳句もそうだ。詠み方は様々であることが大事なのだ、などと思いながら着替えた。

主婦の午前中は忙しい。一人だったので昼食をサボり選句を半分まで終えた。次に自分の句を眺め眺めどこか物足りなく、どの言葉によって物足りないのかが摑めず草臥《くたび》れた。でも私は推敲しているときが一番愉しい。夕食を作るときも上の空で、あぁ私の俳句は何の役に立つっていうのよ、と居直ったりしながら、時間がさっさと過ぎていった。薄々とした白い月が東に昇り始めていた。見上げる度にそれは光を加えた。

結局この日、薬缶は磨かなかった。

わが句あり秋の素足に似て恥ずかし

書く、ってことは、書く私たちに、その為の人生のような気分を与えてくれる。しかし時に思うのだ。書いて、だからなんなのよと。誰も見てくれなくても私は書くのだろうか。読まれたいという思いは恥ずかしく、しかしそれは、生きることに目的や気力を与えてくれるようだ。自分の無力を意識しながら、書けば書くほど自身の平凡が見えてきて、それを嘆きながら、でもこれからも書くだろう。それは秋の素足のようだ。夏ならば兎も角、秋の素足は恥ずかしい。せめて俳句という詩形式に対して失礼にならないように、真摯に、と思う。

（「俳句α」二〇一七年十・十一月号）

Ⅳ　あんな日があってこんな日

此処あったかいよ

去年の東京は、十一月に雪が降った。だいたい年一回は降るけれど、でもすぐ溶けるので道がびちゃびちゃになる。何年前であったか一月のある日、祝宴に招かれていた。当日まれに見る大雪で、積もりに積もった屋根の雪が門扉に落ちた。小さな門扉が開かなくなった。攀《よ》じ登って道へ出た。会場の前も融《と》けた雪で大変だった。

新潟育ちの私は、年に一度は雪が積もらないと物足りない。その雪国で、黒い帽子の中原中也を知った。〈今夜み空はまつ暗で、／暗い空から降る雪は……／／ほんに別れたあのをんな、／いまごろどうしてゐるのやら。〉読む度に切なくなった。少女という人間はこういう男、ましてや詩人となれば尚のこと、見捨てることは出来ない。読む度に、さっき別れてきたような気分になり切なくなるのだった。

中也は天才だと近年、更に思う。昭和十二年（一九三七年）に三十歳で死んだ。私が一歳半の時だ。〈幾時代かがありまして／茶色い戦争ありました〉と書いた中也は、茶色い戦争しか知らなかっただろう。そして戦争に行かずに死ぬことが出来た。でも子供に死なれる地獄を見た。二つ年下の私の父は戦争に行って其処《そこ》で死んだ。

彼は様々な詩を書いた。様々な書き方をした。様々な失望や悲しみを、様々な言葉で嘆いた。少女は慰めてあげたくなる。その少女、どっさり齢を重ねたが、暗い空から降ってくる雪を見上げさまよう男を見たら、ほってはおけない。もし出逢ったら、一句を紙に書いて渡したくなりそう。

此処《ここ》あったかいよとコンビニエンスストアの灯

（日本経済新聞夕刊・二〇一七年一月十四日）

気が向きまして

小雨からふっと、あるいは晴れながら突然に、霰《あられ》が降ることがある。ちょっと気が向きまして、というふうに降ってくる。それは地に着いた途端に少し跳ねて、微《かす》かだけれどパチパチと音をたてて転がり、低い処に溜まる。地に着くまでは完璧に美しかったであろうそれは、玉霰ともよばれる。

〈玉霰みな傷ついて居るならむ　三橋敏雄〉という句がある。成程、地に着いて跳ねた途端に傷が付くだろう。玉霰という目出度《めでた》い可愛い呼び名のそれは、美しくても可愛くても長くは存在しない。積もるという程のこともなく、間もなく姿を失う。

だから愛おしくて玉霰と称された。「玉」とは、美しいもの大切なものということ。「玉杯」「玉顔」、そして「玉音」「玉砕」のような美称もあった、嗚呼《ああ》。

折笠美秋は、期待され信頼されながら筋萎縮性側索硬化症を発症し、最後は瞼の動きを夫人が読み取り書きつけることで詠み続けた俳人であった。その人の通夜の帰路、街灯の光の中に春の霰がぱらぱら降った。霰は多分、傷つきながら消えた。

敏雄の忌日は十二月一日で、晴れ渡って暖かい日だった。馳せ参じる小田急ロマンスカーの車窓に、小春日和の野や山が次々光って現れ、全ての成り行きは人間には抗えないことなのだと思わせた。

今、窓越しに椿が見える。そう言えば玉椿という言葉もある。雨にも雪にも動じない木。固そうな葉に混じる蕾《つぼみ》が見える。それは随分長いこと同じ色と形である。その気にならないことには、草も木も花も、人も、じーっとしているしかない。

気が向きましてというふうに返り花

（日本経済新聞夕刊・二〇一七年一月二十一日）

自分を見尽くす

遠い遠い日、思春期を日本海に近く過ごした。喜びも嘆きも、その渚で受け止めた。久しく行っていないあの海、あの松林は、今を美しく在るだろうか。十数年前に訪れたとき其処《そこ》はすっかり様子が違っていた。特に松林の変わりようには驚いた。虫でやられたそうで常緑の筈が茶色い松林だった。海に沿うそれらは、現在ひょっとしたら雪の中、色変えぬ松として砂がちの地に傾き立っていてくれるだろうか。

去年の秋に敦賀へ行った。日本海も松原も美しかった。土・日曜日だったからか、あまり地元の人に出会わなくて、京言葉に似ていると虚子が詠んだ敦賀言葉を聞けず、方言の好きな私は少しがっかりした。

冬の海を思うと、渡辺淳一の『冬の花火』のモデル・中城ふみ子を思い出す。その人の歌集『乳房喪失』は、文学少女気質というか、おセンチな若い日の私に、息の詰まるような衝撃を与えた。その時点で、どの歌に痺《しび》れたのか記憶が曖昧だけれど、

〈冬の皺よせゐる海よ今少し生きて己れの無惨を見むか〉は、改めて近年の私に重たい。若く死ぬふみ子の、今少し生きて視《み》るぞと覚悟する、己の若い肉体の無惨。そのことに簡単に言えば同情した若い日の私。

いま思う無惨は他にもある。新聞などで知る、息子や娘が老いた親を介護することで仕事を失い、未来を失い、或いは老いた伴侶の介護に疲れきる老夫婦の、心中や殺人。彼や彼女はどれほど己の、己たちの無惨を見て敗北したのか。若さ故の苦痛、老い故の安穏もある。いずれにせよ、己の無惨を見尽くす覚悟が、書くということ。

雪見障子みんなに若い日があった

（日本経済新聞夕刊・二〇一七年一月二十八日）

春立つ日

春立ちぬ、と唱えると、意味なく明るい気分になる。どんなに寒くても今日からは春なのだ。でも現実は暖かくはないし花が咲き乱れるわけでもない。人間は思いに左右されながら生きる動物だと、つくづく実感する。他の動物も考えないとは思わないが、自分以外のことを思うのかどうか。過去のことは記憶して思い出すだろうけれど、未来への思いはあるのだろうか。

例えば蛇が穴を出るとき、彼らは眠った以前を思い出すのか出てからのことだけを思うのか。或いは先ずは空腹を満たすために、体が勝手に動きだすのか。今と過去と未来は彼らの行動に関係するのだろうか。

過去を修正することはできない。そして未来は時に、その人の思惑を裏切る。例えば小島ゆかり歌集『馬上』の、〈病院の荷物まとめて今日よりは父なき自由こんなに寒し〉。〈こんなに寒し〉は、父を看取《みと》り解放された筈の自分の、思い掛けない淋しさに作者自身が驚いている。また〈病院へホームへともう行くことなし父の異変の電話もうなし〉の、介護の切ない多忙から解き放たれた時に知る、思い掛けない喪失感。多くの人が経験する介護の日々の、苦労の終わった途端に思う、父への未練である。

作者が引き受けた辛い多忙は、逃げ出したら直《す》ぐに戻ってきてしまうであろう愛に支えられていた。それは沢山の歌を詠ませ、詠むことによって力を得たのだと思う。

イケダサンの車椅子、押しますよ、と笑う若い友人も居てくれて、冗談にしろ泣きたいほどに有り難いけれど、でもねえ。車椅子って、思うより押しにくそう。

他人《ひと》の手のように我が手を温める

（日本経済新聞夕刊・二〇一七年二月四日）

雀・ヒヨドリ・烏・人

何年前になるか、八木重吉の生家に行った。確か窓から手が届きそうなすぐ後ろが、小山の麓で竹林になっていた。地震の時は竹林に逃げるのがよいと聞いていたので、土留めになっているんだなと納得した。

ところが近年、地震か嵐のあとに竹林が根こそぎ倒れているテレビニュースに驚いた。その景を見たとき、八木家の建物がとっさに思い出された。あの竹が倒れたら、あの家は大変。小さな土蔵が記念館のようになっていて、重吉の死後、同じ結核で十四歳で逝った娘・桃子ちゃんの習字なども飾られていた。家の近くにお墓があって、その近くに確か茶の花が咲いていていた。

例えば詩集『貧しき信徒』に、〈雀をみてゐると／私は雀になりたくなつた〉という一編がある。これで全文の詩である。次の世での私は雀に生まれますように、という祈り、お願いだろうか。人間よりも雀の方が佳《よ》い存在物に思えたのだろうか。雀は無駄に争わないだろうから。

庭の木に雀がきて囀《さえず》りながら啄《つい》ばむ。次にヒヨドリやムクドリが来て囀り啄ばむ。雀は逃げる。そこへ烏が来る。ヒヨドリやムクドリは逃げる。私が窓を開けると烏が逃げる。小さな雀は他者を追い払わない。

重吉の詩は、みな呟きのようである。どれも怒鳴っていない。思いを強要しない。そしてどれもが祈りのようだ。いえ祈りである。それは雀の祈りのようだ。

もし胸を病まなかったら、と考えても詮無いけれど、例えば、〈原へねころがり／なんにもない空を見てゐた〉の境地、私は倍以上生きて、まだ達していない。

茶の花垣逝きし人らの棲むような

（日本経済新聞夕刊・二〇一七年二月十八日）

詩の山を

寒蜆《かんしじみ》は美味しいと言われているから、今は、まだ美味しい季節だろうか。蜆の通ではないので実はよくは知らない。蜆が山盛りに入っているお味噌汁は本当に美味しい。でも、いつもは私はその身は食べない。簡単に言えばめんどくさいから。

松江から大粒の蜆を送って頂いたことがあって、それはそれは美味だった。地元でもなかなか手に入らないらしいその大粒の蜆は、さすがに身をほじって食べた。とは言え、巨大蜆といえどもそれは小さい。が、味噌汁の中から蜆が私を呼ぶのだった。

ところで今年は、あちらはひどい積雪で、テレビの映像を毎日見てはらはらした。こちらは寒いだけで申し訳ないようだった。

石垣りんに、「シジミ」という詩がある。夜中に目を覚ましてトイレにでも行ったのか、砂抜きしている蜆を覗き声を掛ける。〈夜が明けたら／ドレモコレモ／ミンナクッテヤル〉。みんながやっていることが、書かれた、即ち意識された途端に急に切ない行為に思えてくる。詩人とは、自分をわざわざ腑分けする人のことだ。

あの日「さよならの会」に出席した。谷川俊太郎氏が追悼の詩を読まれた。〈贈られた詩集が1DKいっぱいに積まれ／その詩の山をベッドにあなたは夜毎眠ったとか〉と。私の家の倒れそうに積まれた句集を眺めながら、詩集をベッドに、ではなく、詩の山をベッドに、ですか、と感じ入った。

それにしても蜆は、いえ蜆も、何かから与えられた宿命というか、小さくてあぁいう形で、健気《けなげ》に生きているのだ。アナタ達を食べさせていただいて有り難う。

言霊のすゝと避けゆく春炬燵《こたつ》

（日本経済新聞夕刊・二〇一七年二月二十五日）

空気ゆたかに

狭い庭の中心辺りに梅の木がある。近隣の梅の木の中で一番遅咲きの白梅で、まだ咲ききらない。少なくとも二キロ位は実が採れていたのに、この数年、一と目で数えられる程しか実が付かない。枝をなるべく切り詰めるとよいと聞いたので、せっせと切っている、が、梅の木ってとても硬い。

少し太い部分、幹とも枝とも言えそうなそこに、半分まで鋸《のこぎり》が入った痕がそのままになっている。半分まで切って、にっちもさっちもいかなくなった鋸を引き抜くのは大変だった。息子か孫が来たときに切ってもらおうと思いながら、その時は愉しくて、うっかり忘れてしまうのである。

その木、目白が来る。毎年、二、三回は来てくれる。目白は美しい鳥である。その名のようにまんまるの目の周りが白くて、鮮やかな鶯《うぐいす》色の体の形も美しい。梅に来て人の目にとまるのは大体は目白。目白は梅の花の蜜を吸いにくるのだそうだ。

鶯は声がしてもなかなか見付からない。鶯は声をもって愛される鳥である。どうしてあんな複雑な鳴き声なのだろう。カーカーとか、チッチッとか鳴く鳥と、どこが違うのだろうか。鶯は虫を食べに来るらしく、枝移りしないと先ずは見えない。それでも、鶯の声を聞くと、春が来ましたー、と囁《ささや》かれた気分になる。春は、なにかと心の漣《さざなみ》立つ季節である。

〈うぐひすや空気ゆたかに裾濃《すそご》なる〉という三橋敏雄の句がある。「裾濃なる」には驚いた。確かに空気は裾濃である。だから高所では高山病になるわけだ。鶯のあの声は、裾の方の濃い空気の中でのこと。

退屈の鼻をひっぱったり春だ

（日本経済新聞夕刊・二〇一七年三月四日）

夜中まで灯して

三月十日は東京大空襲があった日。

生まれて最初の記憶が防空壕の中で見た、飛行機が火だるまになって落ちて来た景だった気がする、と書いていたのは、確か山下洋輔。

近年、十一日も汚された。私の誕生月三月に、多くの不幸があったなんて口惜《くや》しい。

谷川俊太郎の『落首九十九』（一九六四年）に、「幸せ」という詩がある。〈幸せです／池田さんもまあまあですね〉。私は丁度《ちょうど》その頃に母となった。主婦としての仕事にもやや馴れて、大人としての自覚と、ほんの少しだけれど自信も付いてきた頃だった。

だからこの池田さんは私であると決めつけて、まあまあです、と心の中で応えたものだ。この詩で呼びかけられているのは私だと、全国の池田さんが思って不思議はない、そういう経済が上り坂の時代。

各家に電気冷蔵庫が入り、炊飯器によって、初めちょろちょろ中ぱっぱ、赤子泣くとも蓋とるな、の、火の調節をしなくてよくなり、洗濯機を用い、次のボーナスではテレビを買おうかなどと話し合った。ガス湯沸かし器はとても嬉しく有り難かった。

今はそれらは当然在るべき物だから、無ければ情けなく、在っても当然なので感動はない。家計は、現在はまあ困らないが老後を思うと不安、というような暮らし。簡単に幸せですとも言いにくい。

〈幸せです／核爆発には絶対反対〉。そりゃそうだ。皆そう思っている。有り難いことにというか当然というか、現在の日本に空襲はない。夜中まで灯してパソコンだって弄《いじ》っていられるので、まあまあです。

今日のように日昇り東京大空襲

（日本経済新聞夕刊・二〇一七年三月十一日）

最初と最後と

妹は蝶が苦手で、絵でも模様でも怖がる。あの鱗粉《りんぷん》が怖いのだそうだ。妹が結婚する時、母は黒地に大きな蝶の絵の帯を用意した。妹は、触れないいじゃないのと駄々をこねた。後日、その帯は私が貰い受けて、とても気に入って大切にしている、と書いて、たまには和服を着ようか、と思った。

気候のせいか去年は樹木が何回も芽吹いて、その芽は何回も食い尽くされた。ということで毛虫が何回も孵《かえ》った。その結果か、寒くなっても何時までも蝶が居た。

その年の一番最後に生まれ育った蝶は、どんな気持なんだろう。私は此《こ》の世の最後の一人として生きるのは嫌だ。絶滅危惧種の最後として生きるのは怖い。

また蝶の季節に近くなった。安西冬衛の〈てふてふが一匹韃靼《だったん》海峡を渡つて行つた。〉の蝶は、誇り高く健気《けなげ》で痛々しい。蝶は本当は「一頭」と数える。あんな軽く小さな蝶を何故、動物並みに数えるのだろう。ひょっとしたらあの貌のせいだろうか。アップで撮ったらかなり怖いことは確かだ。

そう言えば私が小学校に入った戦時中、蝶は「てふてふ」だった。そして直《す》ぐの敗戦後、新仮名遣いになった。私は、今生きていて普通に使っている言葉で書くと腹を括っているので書かないが、一度「てふてふ」と書いてみたいなあと思う。

それはともあれ最初と最後の蝶にはなりたくない。最後の一頭になってしまった蝶は、さぞや切なかろうと思うと同じに、毎年、その春の最初に此の世に浮かびでた、一頭の蝶の心細さはいかばかりかと、毎年思っては、はらはらするのである。

初蝶の孤独三昧ほぼ日向

（日本経済新聞夕刊・二〇一七年三月十八日）

たまたま誕生日

たまたま今日は私の誕生日です。もういいのに、またも加齢の日であることがちょっと気に入らないが、生きてその日を迎えられるのは、矢張り有り難いことで感謝しなければ。遠い昔のこの日、鎌倉の然る産院で生まれたと聞いているが、生まれた覚えはない。人間に生まれていたと気が付いたときも、まだ気が確かではなかったので驚かずに済んだのは幸いだった。

例えば蛙の場合、卵から孵《かえ》ったときに意識はあるのか。蝶やトンボや蚊やその他、孵ったときの感想を聞いてみたいものだ。そしてオタマジャクシとしてちゃんと生きて泳いで、その後、又も変化するのだから、さぞやびっくりするだろう。自分がそうだったら言葉を失い腰を抜かしそう。

生まれた時には意識がないから致し方ないが、死ぬ時はどういうものなのだろう。此《こ》の世に生まれた者は数知れないけれど、死の経験談は聞けないから、どういうものか分からない。臨死体験の話は、結局は死ななかった人の話で参考にはならない。
草野心平は「婆さん蛙ミミミの挨拶」にこう書いた。〈地球さま。／永いことお世話さまでした。／／さやうならで御座います。／ありがたう御座いました。／さやうならで御座います。／／さやうなら。〉
なんと偉い婆さん蛙ミミミ。〈地球さま〉とはなかなか言えない。そして人間ではこうはいかない。平素、もう充分に生きたから満足だと思っていてもその一瞬、びっくりするのだろうなあ。人が死ぬ時と、オタマジャクシが蛙になる時とでは、どちらがびっくりするものなのだろうか。

まさか蛙になるとは尻尾なくなるとは

（日本経済新聞夕刊・二〇一七年三月二十五日）

エープリルフール

残念なことに西東三鬼にお会いしたことがない。生身の三鬼を見たことがない。三鬼と言えば、歯科医でありながら結局それも辞めて俳人になってしまった人。

油絵を描き、ギター、マンドリン、乗馬、社交ダンスに堪能といった資質を持ち、戦争の影響の中でも新しい俳句を書こうとした俳人である。女性関係が派手だったと言われるが、それは、気の毒な人を見ると助けずにはいられなかったからだと、弟子の三橋敏雄はよく懐かしんでおられた。三鬼の自伝的エッセー「神戸」「続神戸」「俳愚伝」は、テレビドラマ「冬の桃」にもなった。

昭和三十七年（一九六二年）に亡くなったが、私が俳句に関心を持ったのは、そのほぼ十年後。だから生身を見ることがなかった。胃癌により六十一歳で逝った。若すぎる。八十歳まで生きていてくださったら、間違いなく私は近くに居た筈。私の師・敏雄が師としていた人なのだから間違いない。

〈春を病み松の根つ子も見あきたり〉の絶筆が三月七日。四月一日に昏睡のまま逝かれたそうだ。四月馬鹿とかエープリルフールといわれる日に逝かれるとは、シャイでお茶目な三鬼によく似合う。

正岡子規は、逝く前年、明治三十四年（一九〇一年）に次の句を詠んでいる。〈五月雨や上野の山も見あきたり〉。三鬼が生まれたのはその前年。

二人ともやるだけのことをやりきった人だ。病苦と闘い流石《さすが》にダメと思ったときの二人が、「見あきたり」と書いているのが面白い。二人が長生きしておられたら俳句の世界は変わったろうか。老人の子規や三鬼の俳句を見たかった。

鳥帰るあーだこーだと私たち

（日本経済新聞夕刊・二〇一七年四月一日）

虚子忌そして花祭

よい季節、深大寺山門の傍のなんじゃもんじゃはもう咲くかしら。樹下に高濱虚子の胸像がある。虚子は昭和三十四年（一九五九年）四月八日午後四時に逝かれた。戒名・虚子庵高吟椿寿居士により椿寿忌《ちんじゅ》とも言われている。その日は仏生会、お釈迦様の生誕を祝う日である。花御堂の中で天上天下を指差す誕生仏に、甘茶を注いで祝う日。さすが佳《よ》い日に逝かれたものである。

虚子の俳句は多種多様である。有季定型、花鳥諷詠という言葉は、狭さを強要するものではない。題材も詠み方も見事に広い。自分で言うのもどうかと思うけれど、私はまるで別のところに居る俳人と思われがちだけれど実はとんでもない。虚子の幅広さに驚き、愉しみ、俳句という詩形式の可能性の広さをたっぷりと教えられてきた。

例えば初期の〈遠山に日の当りたる枯野かな〉、例えば〈白《はく》牡丹といふといへども紅《かう》ほのか〉と〈酌婦《しやくふ》来る灯取蟲《ひとりむし》より汚きが〉が同作者のものであることへの驚きと尊敬。例えば、〈といふ間に用事たまりて梅雨眠し〉〈女涼し窓に腰かけ落ちもせず〉も、〈去年今年《こぞことし》貫く棒の如きもの〉も、〈考へを文字に移して梅の花〉も、虚子の作であることの広さ、豊かさ、親しさ。

世の人が、俳句はもっと上品で狭くて、或いは花鳥の描写だけかと思っておられたら勿体《もったい》ない。花の、鳥の、人の、同じ此《こ》の世のものとしての存在を、愉しんだり嘆いたりしてよいのだ。そしてその考えや思いを、言葉に、文字に移していきたい。

ところで今日は流石に、一句付け加えるなんて気が引けます、が、

椿から椿へ椿を褒めにゆく

（日本経済新聞夕刊・二〇一七年四月八日）

夜目遠目

私は詩に詳しくはないが、金子光晴は凄いと思う。なんと言っても幅広さと深さと根性が見事だ。「鮫」とか「おっとせい」などの、権力への嫌悪と抵抗。私的には、ご子息を燻《いぶ》して病気にしてまで隠して、戦争に行かせなかった程の半端でない厭戦《えんせん》、反戦。そして女性への心底からの優しさ。描かれる世界も描き方も全く広く、そのことによって私は凄い詩人だと思うわけだ。

昭和十九年（一九四四年）、即ち敗戦前年に書かれてあった「さくら」。「さくら」は女性の喩。〈さくらよ。／だまされるな。〉〈世の俗説にのせられて／烈女節婦となるなかれ。〉〈バケツやはしごをもつなかれ。／きたないもんぺをはくなかれ。〉と書いた。その頃、女性たちは、私の母や祖母も確かに、大事な和服を切り刻んで筒袖の上着とモンペに縫い直して着ていた。バケツの水のリレーをして空襲の火を消す練習をした。誰もが不満を言ってはいなかった、と思う。隠しておけば分からないような指輪まで供出して、文句は言わなかった。夫が戦死しても、泣いたことを隠した。あれは何なのだろう。殆どの普通の人々は、そういう我慢あるいは諦めによって、結果として戦争に加担した。加担した人たちを単純に責めるのは間違っている。
それにしても飛花落花は美しい。急に蕾《つぼみ》がほぐれて初桜と言いたてていると、もう翌日にはほぼ咲ききっていたりして私たちを誘う。わっと咲いてわっと散ることが桜を美しく思わせる。しかし命は、どの時代にも誰のものでも守られるべきもの。未練たらしくてもよい、守られるべきもの。

夜目遠目染井吉野は花ばかり

（日本経済新聞夕刊・二〇一七年四月十五日）

五月の風をゼリーにして

この欄で中也のことを書いたら、それを読んだという若いボーイフレンドが、僕は中也の前に立原道造でしたと言う。それはまた懐かしい名前。同じ頃に古書店で買った二人の全集は、共に三巻で、藁半紙《わらばんし》みたいな紙が今はすっかり茶色になっている。例えば、「一日は…」の、〈貧乏な天使が小鳥に変装する／枝に来て　それはうたふ／わざとたのしい唄を／すると庭がだまされて小さな薔薇の花をつける〉。〈庭がだまされて〉なんて、こんな美しい詩が、旧漢字旧仮名遣いで活版印刷されている。中也への思いとはまた異なるしっとりと懐かしい痛ましさに、私は泣きそうになる。

彼は東京帝大工学部建築学科を昭和十二年（一九三七年）に卒業し、建築事務所に建築技師として就職した。ところが間もなく肋膜《ろくまく》を病んだ。療養所で彼は友人に、〈五月の風をゼリーにして持ってきてください〉と頼んだとか。そして五月のゼリーを待ちきれず三月に、二十四歳で逝った。私が生まれて間もない頃にそんなことがあったのだなあ。全集には、「卒業設計」の写真も載っていて、それがまた繊細で美しいのだ。

東大の裏の立原道造記念館に行ったことがある。その後それは休館になっているらしい。かすかな色合いの絵や、美しく儚《はかな》げな文字の原稿が確かあった。彼が使っていた椅子なのだろうか、薄茶色の、多分ウールの背広が、まるで今帰宅して椅子の背に一先《ひとま》ず掛けました、という感じに掛けてあった。あぁ本当に彼は、此の世に生きていたのだ、と思った。

使い減りして可愛いいのち養花天《ようかてん》

（日本経済新聞夕刊・二〇一七年四月二十二日）

ふつつかな魚

お雛様を飾ることも愉しいが、鯉幟《こいのぼり》が大好き。私宅から道を隔てた処はお寺で、その墓地に割に大きな鯉幟が揚げられるのを、毎年、愉しみにしていた。ところがもう数年、見られなくなりがっかりしている。

とは言え、あれは管理が大変なのである。先ず太い竿を高々と立てなければならず、風が強すぎれば絡まって危なげで幟を降ろさねばならず、雨なら取り込まなければならず、とても手が掛かる。でも見るだけの私たちには嬉しいものだ。健康を祈られていたお子さん達が成人してしまったのである。してしまったと言うのも可笑しいけれど、ともかく見られなくなってしまった。

あれは素晴らしい発想だと思う。男の子の健康と出世を願ってのことらしいが、出世などという生臭さや嫌らしさを忘れさせる、大胆で優雅な景である。

〈ふつつかな魚のまちがひそらを泳ぎ〉という、渡邊白泉の俳句がある。この「魚」

は鯉幟の鯉だろう。でも私は、実は本当の魚だと密かに思っている。そんなふつつかなうっかり者の魚が、此の世に居てもよいではないか。実はこの魚は白泉その人なのではないかとも思う。こんな大間違いは、白泉のようなユニークな繊細な人間にこそ似合う。大雑把《おおざっぱ》で強い人間は、そんなとんでもない間違いをしている暇はない。

ところで月は、偶《たま》に間違いそう。太陽は間違わないだろう。宇宙の中で大間違いを起こしそうなのはやっぱり地球だろうか。人がいろいろと余計なことをするから。

地球上の生き物には間違いが付き物。間違いを愉しむ哀しさは、白泉に似合う。

ぽっかりと地球在るなれ蕗《ふき》の花

（日本経済新聞夕刊・二〇一七年五月六日）

どちらが夢か

私事ながら、最寄り駅から家までは五、六分。昔、まだ私が其処《そこ》を知らなかった頃、家の少し奥は田圃だったそうだ。その場所に、最も初期の公団住宅が造られていた。何棟あったのか相当広い団地だった。その向こう側は細い川を挟んだ遊歩道になっていて見事な桜並木。桜堤と言ったほうがよいのか。花時には早朝から場所取りが大変という、お花見の場になっている。

染井吉野の寿命は人間と同じ位だそうでかなり老いたので、このところ随分と伐《き》られ、世代交代のように合間に若木が植えられている。河津桜や陽光や大島桜などが育ち、単純ではない桜堤になりつつある。その公団住宅、当然ながら古くなって、去年、一般の会社のマンション群が出来た。

見慣れた公団住宅が徐々に無人になり、壊され、そして数年かかって出来上がり道も整備され、それはそれはすっきりとした姿で買い手を待っている。きっと家の中も、便利な上に素敵なのだろう。

其処は私の散歩道。ついつい〈あゝ、家が建つ家が建つ。／僕の家ではないけれど。〉などと呟きたくなるのだった。〈空は曇つてはなぐもり、〉と続くこの詩、タイトルが「はるかぜ」。秋の詩だったらつまらない。その理由は簡単には言えないけれど、秋の思いにすると、自分への憐れみになる。春の詩にした中原中也の、このセンスが素敵だ。

あの公団住宅、何棟何軒あるのか分からないが、バス停が二つある新しい町になった。それともあれは前世のことだったのか。今の此処《ここ》、が、現実なのか夢なのか。

火星よりも冥土近けれ飛ぶ柳絮《りゅうじょ》

（日本経済新聞夕刊・二〇一七年五月十三日）

あんな日があって

五月は明るく暖かく暑すぎず、最も嬉しい季節と言ってよさそう。寺山修司は十二月生まれなのに『われに五月を』で、〈僕は五月に誕生した〉と書いた。そして五月四日、四十七歳で逝った。修司は五月に逝き、望みどおり新しく誕生したのだろう。彼ならば何処《どこ》かに何かに生まれ変わっていて不思議はない。〈目つむりていても吾《あ》を統《す》ぶ五月の鷹〉の「五月」にも思いが濃い。

五月は、生まれたい月だと思う。育てやすい育ちやすい季節だもの。

ところが、五月二十四、二十五日という日を思うと辛い。実際には私は知らないことだけれど、忘れられない人にとっては魘《うな》されるような日だ。その魘されたであろう人たちも随分と少なくなってきた。

昭和二十年(一九四五年)三月十日の東京大空襲はいわゆる下町方面。五月には山の手と言われる方面に焼夷弾が落とされた。私は父の里に移り住んでいたから全く恐い経験はしていないが、低空で狙う兵士の顔が見えたとか。そして逃げる自分が、はっきりと的として追い掛けられるように感じる恐怖といったらなかったらしい。

宗左近はその経験者。〈炎のなかで／つきのめり／ふしたおれ／つっ伏した母は／行け走りされ／行け走り続けよと〉〈押してまた押したのだ〉。その母を置き去りにして生き延びた罪の意識に魘され続け、詩集『炎《も》える母』は昭和四十二年（一九六七年）まで纏《まと》めることが出来なかった。

こういう本土での空襲で死んだ、否、殺された人達は例えば三月に、五月に、新しく生まれ変わったのだと思いたい、切に。

あんな日があってこんな日ねむり草

（日本経済新聞夕刊・二〇一七年五月二十七日）

じゃんけん

大人になっても、じゃんけんをすることはある。が、真剣みは足りない。それは例えば、何人か集まった時に一本しかない花を誰が貰って帰るか、のような時だろうから。一匹の蛍を誰が連れ帰るかだったら、大人も本気になるに違いない。

蛍は普通は光だけしか人には見えない。だから魅惑的。殆どの人は光を思っていて、蛍という虫を丸ごと考えてはいないのではないだろうか。昼間に見るそれは、単なる黒い小さな昆虫である。

蛍と同じくらい私は金魚も好きだ。こちらも、思っているだけで嬉しくなる。でも、高級な金魚はよくよく見るとかなり怖い。怖いと言うよりは可哀相と言った方がよいか、哀れと言った方がよいか。赤とか朱とか言うよりも、そこに金色が混じっていて、だから金魚で、向きにより単純な赤ではなくなるその派手さ暗さ、黒の派手さも作り物の哀れを感じさせる。

唐突ながら、正岡子規も金魚が好きだったようだ。もっとも子規は、珍しいものは勿論《もちろん》、在るもの全て何でも好きだった。『墨汁一滴』に、痛みを堪えながら机上のガラス玉の金魚を見ていて、「痛い事も痛いが、綺麗《きれい》な事も綺麗ぢや」と書いている。なんて素敵な男なんだろう。

金魚は何故か金魚に生まれ、蛍は何故か蛍に生まれ、私たちは人に生まれた。同じ人間でも、大地震のような災害に出会う時や場に、あるいは戦争に関わらざるを得ない時と場に生まれることがある。

何時《いつ》、何処《どこ》に何に生まれるかは、誰も分からないし選べない。

じゃんけんで負けて蛍に生まれたの

（日本経済新聞夕刊・二〇一七年六月三日）

奇麗な風

今年は暑さが早かった。でも、暑さの苦手な私、今のところまぁ大丈夫である。もう少し経つと、暑い暑いと嘆きの日々になるであろうと覚悟はしているが、今年はどういう真夏が来るのだろうか。

〈六月を奇麗な風の吹くことよ〉、正岡子規のこの句を口遊《くちずさ》むために、私は六月を待っていた。六月「の」奇麗な風ではなく、六月という この佳《よ》き季節のこの日々「を」、奇麗な風が吹いているのだ。子規は六月という季節が好きだったのだろう。

この句を詠んだ年の五月、従軍記者・子規は帰国の船中で喀血《かっけつ》し、神戸病院に入院していた。命拾いをして間もない六月である。やりたいことがいっぱいの青年は、生きて風を感じることの出来る嬉しさと、風を奇麗と感じるゆとりを得て、生きている悦びの中で風を言祝《ことほ》ぐ。

寒い季節の風は、一層気温を下げるから困ってしまい、暑中は少々風が吹いたところで暑さから逃げられない。服を脱いだところで暑い日は暑い。

六月はそのどちらでもなく、朝起きて窓を開けるときにも不安がない。昼間、忙しくしていてもぼんやりしていても大丈夫。そう、蛇も安心して枝にぶら下がっていられそうだ。

あるとき小学校の玄関に蛇の衣《きぬ》が飾ってあった。父母が近所で見つけ子供達に見せようとされたらしい。安心できる状況での脱皮はさぞや佳い気持。五月を生き延びた子規は脱皮に成功した気分だったかも。

昔、子供が飼っていたザリガニが脱皮に失敗して、そのまま死んでいたことがあって、それは、とても切なかった。

目が覚めて脱皮途中の蛇の気分

（日本経済新聞夕刊・二〇一七年六月十日）

言われてみれば

例えば八十歳まで生きるとしたら、と考えると、若いとき、その八十年は永遠と同意語に思えた。若死にしたいとは思わないが、八十年も生きているのはシンドイことだろうと、他人事として思っていた。気が付いたら此《こ》の世に生まれ生きていて、何故か此処《ここ》に居ることの不思議に呆然としながら、その終わりは想像する気にもならなかった。不老不死とか不死身とかは、言ってみれば拷問みたいなものだとも思った。

二〇〇〇年（平成十二年）に刊行された川上弘美の短編集『おめでとう』所収の、「おめでとう」は、最初の頁に「西暦三千年一月一日のわたしたちへ」とある。

日本画家の千住博さんにお会いしてお話をうかがったことがある。日本画の絵の具は岩絵の具。「小石を砕き、自らの指で膠《にかわ》と混ぜ、水を加えて薄めて、筆につけ」て描くことは御著書により知っていた。

その溶いた岩絵の具を瀧のように流し、更にエアブラシを使って絵の具を吹き付け飛沫を描くウォーターフォールと言われる作品の瀧は、実物を見る機会にまだ恵まれないが、とても心惹かれ興味深い。

岩絵の具で描かれたものは、少なくとも五百年は変色しないと仰った。まぁと驚く私に氏は、岩絵の具は天然の岩を砕いたものですから、絵の具が変色するとしたら、地球の色も変わってしまうことになるでしょ、と微笑まれた。成程。考えたことのないことが、まだまだあるのだ。

ぼんやり生きていては気付かないことが此の世には満ちている。千年前、千年後を思うと、八十年は一瞬のようなものだ。

人類の旬の土偶のおっぱいよ

（日本経済新聞夕刊・二〇一七年六月十七日）

V

私史に正史の交わりし

さようなら「平成」

「嵐」活動休止の予告で巷には「嵐ロス」という言葉が流れた。そりゃ夫々《それぞれ》素敵な青年だもの。

でもテレビでなんとなく聴いてはいたが、通して聴いたことはないので曲は、サビの部分しか私は知らない。それにしても、今しも平成の終わらんとしている時に、ぴったりすぎる話題ではないか。

閑話休題、昔々、あれは何処《どこ》だったのだろう。襖を全部取り外して広々とした二階に沢山の人が集まっていた。お茶を戴いたり何ということのないお喋りをしながら、その時を待っていた。しんとしてはいないが賑やかでもなく親戚というわけでもなく。日本間で壁の少ない道側の窓は、障子も外してあったような。

晴れた春の日。夫の母に誘われて、近くに住む叔母と三人で其処《そこ》へ行ったのだ。何かの知り合いの家に招かれたとかで、誘われるままに少しお洒落をして出掛けた。

何処だったかが分からないのは、若い時から私がぼんやりしているからでもあるけれど東京をまるで知らなかったから。昭和三十三年十月に結婚して、東京の夫の両親の家で暮らしだして、初めての春だった。夫は、え、行くの？　と、今なら多分「嵐」行くの？　の感じで笑った。

その日は、昭和三十四年四月十日。私の結婚の丁度《ちょうど》半年後であった。

皇太子と美智子妃のご成婚パレードの道順が、そのお宅の前を通ることになっていたのだ。ところが可笑しなことに、その日の皇太子と美智子妃のお姿の記憶がないのである。その後の新聞や、歴史的なニュースとして何回も見ている映像や写真が余りにも多く、どれが私の見た景なのかは問題でなくなって、馬車のお二人のお姿への感慨も何故か残っていない。

テレビを備えたのは半年後だったし、馬車を襲った投石青年のことも強い印象がない。が、怖かったでしょうと思う。端から世の荒波を受けたのだ。前途厳しい人生を思われたことだろう。沖縄での火炎瓶騒動の時の、美智子妃がさっとお出しになった御手は、既に出来上がっていらした覚悟による、咄嗟の反応であったか。

同じ時代を生きて見てきた、という思いがある、と言ったら可笑しいだろうか。不遜だろうか。

昭和は激動の時代だった。戦前、戦中、戦後、同じ国とは思えない程の激変の中、人々は健気《けなげ》に日々を生きた。私は、単純な物言いをすれば普通に幸せに生まれたが、気が付くと、父を戦争に奪われていた。その不幸の割には周囲に恵まれた。貧しかった筈なのに、たとえ富む者も同じような暮らししかできなかった時代ゆえ惨めとも思わずに育った。しかし今も気になっている。集団疎開で田舎に来ていたあの子達、ほぼ同い年のあの子達は今、普通に老人になれているだろうかと。

昭和衰へ馬の音する夕かな　　三橋敏雄

俳句に親しんでいなくても、何となく雰囲気が分かる句ではないか。「馬の音」は、昭和の初めには例えば荷車を引いて働く馬の蹄《ひづめ》の音、馬は町の中を歩いていた。時に堂々と糞を落としたりしながら。その後は軍馬の蹄の音。どこやら戦地に運ばれ、敗戦後はそのまま見捨てられた馬が少なくなかったとか。あの優しい目をした馬たち。

八月来る私史に正史の交わりし　　澄子

人は一人では生きられない動物だから私史に正史が交わる。父が戦病死したのは敗戦一年前の八月だった。父が、御国の為にと命を捨てたとは思えない。目の前に居るチフスの患者を医者だから治そうと努め、その結果、感染して死んだのだ。そうでなくては、二十七歳の妻と三人の子供を残して死ぬわけがない。

戦後にも、更には平成にも当然、多くの大切な人々が逝った。但《ただ》し正史には関わりなく。次に来る私の死も、私史に納まるものでありたい。

四月一日に、新しい元号が発表される。アルファベットの頭文字が過去と重ならない言葉にするらしく興味津々である。って実はもう決まっているわけで既に額装でもされているのか。

かつて某新聞が、ある元号を特ダネで報じ、それが誤報であった、とか、実は誤報であるという扱いにして第二候補であった「昭和」に決めたとも言われているらしい。

例えばこの話や、ご成婚の日のことを確かめたくなる。去年の春までは、ねぇねぇご成婚の日は四月十日よねと夫に声を掛ければ事足りた。夫に聞いても分からないことは私は知らなくて当然。

その夫が昨年四月に逝った。その後、確かめる本を探す度、あっ居ないのだっ、と意識し、仕方なく夫の蔵書を開く。なんと字が小さいこと。心細いなぁと独りごちながら目の行った『一億人の昭和史・10』。それは「不許可写真史」となっている。一般国民に見せてはならない写真である。特に昭和十年代はそういう時代だった。

昭和は、崩壊後、ゼロから復活した。平成は、天災・大地震、そして人間の関わった放射能汚染の惨事。そこに「不許可写真」は無かったか。

現天皇は昨年暮のお誕生日に、「平成が戦争のない時代として終わろうとしていることに心から安堵」していると語られた。

平成の次の時代に、ゼロからの復活なんてあってたまるか。などと本のあちこちを眺めていると切りがなくて終わらない。灯を点けてまた坐りこみ金輪際立ちたくない気分。さようなら「平成」。

そうか、平成ロス、嵐ロス？　いいえ、そうじゃなくて、夫ロス、一人の夕飯など作りたくない。

（日本経済新聞朝刊・二〇一九年三月三十一日）

父の顎

待っていた春。しかも三月は、他事ながら私の生まれ月である。

さっき若い友人からメールが届いた。「今日は娘を送りに、羽田に行ってきました。私は休めない仕事なので故郷の母に預けるためにです」と。大変ねぇ、と思いながら、スリッパを履かずにそーっと隣室へ行く。

テーブルの上の日溜まりに大きめな皿がある。雛あられ位の小石と大粒の砂利、その上に貝殻とサンゴの欠片。その上にノコチャンが居る。その皿をキッチンへ運び、生ぬるい水でさっと洗い、塩をちょっと加えた水を注ぐ。今日は鰹節の粉状に近いものと、戻して刻んだ若布を耳かきに一杯位、貝殻の上に置いてあげた。

ノコチャンが気まぐれのように見せる手足、ゴマ粒の十分の一くらいの二つの真っ黒な、それは多分、目。その目からの情報は、細い長い管でどこかへ伝えられているらしい。ノコチャンはヤドカリである。危うく「ヤドカリのヤーさん」と名付けそうになったが、娘に却下された。

こういう呑気な話をしながら、私は歳をとっていきたい。十歳の孫娘からくるスマホの、文鳥の水浴びの動画など何回見ても飽きない。床に敷いたビニールに、羽搏《はばた》きでバシャバシャ水を散らしている文鳥は、名をシズチャンという。名の由来は聞いていないが、家で一番偉いらしい。

ところで、呑気ではいられない考えたくない怖いことが起こっている。世界中にそれは広がりつつある気配。いつ決着が付くのやら、テレビを点けると、その新型コロナウイルス感染症関係がやたら多くて、世の中はそのこと以外を考えるゆとりなし、という感じだ。人が集まる何もかもが中止を余儀なくされた。いつもは関心の薄い、世の中の経済状況が心配になってくる。この結果の、収入の無くなる大小様々の組織や会社や商店は、気の毒では済まない。済まないと、いったいどうなるのだろうか。

さっきメールをくれた若い友人は、学校閉鎖の子を家に一人置いておけないし、さりとてウイルスの傍に置けないと悩んでのこと。怖がりすぎは世の中を壊すし、怖がらないと体に害が及びそうである。どうすりゃいいのさ、と古い歌など歌い出しそう。

このことが伝わり始めたときの武漢の映像が目に浮かぶ。急いで作った病舎らしき処《ところ》に、簡単なベッドがずらりと並べられていて、其処《そこ》にどんどん病人が運ばれてきていた。これじゃ風邪をひくのではと、うっかり思ってしまう粗末な大部屋。そこに宇宙服みたいな防護服の医師や看護師らしき人たちの、慌ただしい姿があった。

私はテレビを見続けた。かつての日本の陸軍病院もこんな様子だったか。父は、かの戦争中、漢口陸軍病院の軍医だった。私が長い間、どんな処だったのかと思い続けてきた漢口は、その武漢の一部である。父の働く姿が武漢の映像に重なった。昭和十九年、そう、あの敗戦の丁度《ちょうど》一年前、病院にチフスが蔓延し、父はついにその病気が伝染して死んだ。患者を助けられない無力をさぞや嘆き、遂に自分が、若い妻と三人の子を残して死ぬ無念に、父は声を殺して泣いたか。

映像で見る防護服などある筈なく、押せばシュッと出てくる消毒薬などなく、まさか石鹸はあったと思いたいが、マスクはあったか。父達はチフス菌に勝てなかった。

父の二倍以上生きている私は父似で、顎の辺りが我ながら似ている。この世に父が生きていた証《あかし》が私のこの顎にある。

コロナウイルス騒ぎの直前に沖縄に行った。一度行かなければと思いながら、沖縄の悲惨さに向き合うのが怖く、申し訳なさが濃くて行けなかったのだ。色々な戦跡へ行き、最後の日は糸数の壕、平和祈念公園、ひめゆり資料館を巡り、辛かった。先ず糸数の壕、二七〇メートルあるガマの、入口に近い隅は脳症患者の居場所。奥に、手術室、病床、空気穴や死体置き場。実は私は、入った途端むっと来た暖かい空気に、かの日々其処に居た人たちの呼気を感じてしまい動けなくなり、どうしてもそれ以上は進めず、一人、入口に戻った。

沖縄には其処此処《そこここ》に立派な碑があった。碑には沢山の名が刻まれていて、それはいかにも虚しく思われた、が、その氏名こそが、否、氏名だけが、その人が生きていた証、唯一の証であることを強く感じた。

その前日、辺野古崎に続く大浦湾の美しい浜で、サンゴや貝殻を拾ったのだった。帰宅してからそれを洗って乾かした、ら、まさかの生きて隠れていたヤドカリが歩きだした。その動画を誰彼に送って私ははしゃいだ。

若い友人からラインがきた。「東京に連れてこられた辺野古のノコチャンは、自分で沖縄までは帰れないんですからね、ちゃんと育ててあげて下さいよ」

（日本経済新聞朝刊・二〇二〇年三月二十一日）

初出は各エッセイ文末に明記しています。

池田澄子　いけだ・すみこ

一九三六年、鎌倉に生まれ、新潟に育つ。

三十歳代の終わり近くに俳句に出会う。

三橋敏雄に師事。

句集に『空の庭』（現代俳句協会賞）、『いつしか人に生まれて』、『ゆく船』、『たましいの話』（宗左近俳句大賞）、『拝復』、『思ってます』他。

二〇二一年、『此処』で読売文学賞・詩歌俳句賞、俳句四季大賞。

散文集に『あさがや草紙』、『休むに似たり』他。

対談集に『金子兜太×池田澄子　兜太百句を読む』。

二〇二一年、現代俳句大賞。

「トイ」「豈」所属。

本当は逢いたし

二〇二一年十二月 一 日 第一刷
二〇二二年 三 月十五日 第二刷

著者 池田澄子

発行者 白石賢
発行 日経BP
日本経済新聞出版本部
発売 日経BPマーケティング
〒一〇五－八三〇八
東京都港区虎ノ門四－三－一二
印刷・錦明印刷／製本・大口製本
ISBN978-4-532-17716-4
Printed in Japan